マドンナメイト文庫

美人講師と有閑妻 オモチャになった僕

真島雄二

目次

contents

美人講師と有閑妻　オモチャになった僕

第一章　柔らかなヒップの誘惑

1

「やっぱり降ってきたな」

所長のひと言で、カルチャースクールの事務室の全員が窓の外に目を向けた。

パソコンで入力作業をしていた雅弘《まさひろ》も、手を止めて振り向いた。窓ガラスにポツポツと水滴がついている。

「よかった、傘持ってきて」

「けっこう強くなりそうだね」

「でも、うちらが帰るまでにはやむでしょ」

「見て見て、向こうの空。真っ黒だ」

職員たちがそんなことを話しているうちに、雨足はどんどん強まってきた。今日で四日連続の猛暑日だが、急に空が暗くなったので、ゲリラ豪雨も考えられる。

「そうだ富田《とみた》君、急いで傘入れのスタンドを出してきてくれるかな」

「わかりました」

雅弘は所長に言われて、すぐに立ち上がった。雨が降ってきたので、傘入れ袋のスタンドを一階の入り口に出しておかなければならない。そういった雑用は、すべてアルバイトの彼に回ってくるのだった。

富田雅弘は二十歳の大学生。前は喫茶店でウェイターのアルバイトをしていたが、そこが店を閉めることになり、常連だった客に紹介されて、このカルチャースクールで働くようになった。

基本的には週三日だが、大学が夏休みに入ってからは五日間になった。

仕事はそれぞれの教室の準備と後片づけ、パソコンを使ったテキストやデータの入力、受付での受講生の応対などだが、その他にもいろいろと雑用を言いつけられる。使いっ走りみたいなものから、けっこうな力仕事まで、言われたことは何でもやらなければならない。

カルチャースクールはこのビルの三階から五階を使っており、受付と事務室は三階にある。一、二階はディスカウントショップで、店の横のドアを入ったところにあるエレベータが、カルチャースクールへ通じている。

雅弘は備品を保管している隣の部屋に行き、傘入れ袋のスタンドを運び出し、一階のエレベータ前に置いて、事務室に戻った。

すると、椅子に座る間もなく、次の用事を言いつけられた。

「ごめん、富田さん。今日の水彩画、見学者が一人いたんだ。急いで椅子を運んでもらえないかな」

「わかりました」

次の水彩画教室のために、椅子やイーゼルなどはすでに五階の教室に準備しておいたが、見学者がいるとは聞いていなかった。担当の人が忘れていたようだが、雅弘は不満に思うこともなく、むしろ喜々として踵を返した。

(涼子《りょうこ》先生、もう来てるかな)

水彩画教室の担当講師・鈴江《すずえ》涼子は、ここでアルバイトを始めた彼が、ひそかに憧れている女性だ。三十二歳で、成熟した大人の女の色香を感じさせる。切れ長の目が魅力的で、セミロングの髪も美しい。

もっとも、結婚しているので手の届く存在ではないが、顔を合わせたり話しかけられると、それだけでしあわせな気分にひたることができた。

そろそろ始まる時刻だから、講師の控室にいるかもしれない。

(椅子を持っていったら、ちょうど出てくるところだったりして)

そんなことを考えながら、雅弘は隣の部屋へ椅子を取りに入った。

準備室と呼んでいるこの部屋は、講座で使う用具類や予備の机、椅子などを保管しているが、職員のミーティングでも使用する。備品の手前にホワイトボードを並べ、それを仕切りにしてスペースを確保している。

雅弘はパイプ椅子を一脚、運び出そうとして、ふと思い出したことがあった。同じパイプ椅子でも、見学者にはクッションが厚くて肘掛けのついた、座り心地の良いものを出すようにしている、と前に職員が言っていた。入会に結びつけるための、ささやかな配慮らしい。

彼は手にした椅子を元に戻し、部屋の奥へ行った。肘掛けつきのパイプ椅子は少なく、ふだんは使わないので奥にしまってある。

そのとき、背後でドアの開く音がして、誰かが入ってきた。

「ああ、もう……」

ため息まじりの声は女性だ。もしかして涼子ではないか、という気がしてハッとなった。

「こんなに濡れちゃって……」

涼子に間違いない、とわかったとたん、心臓がバクバク鳴りだした。

急な雨で濡れてしまったようだが、なぜこの部屋に入ってきたのだろう。興味をそそられた雅弘は、ホワイトボードで身を隠すようにして近づき、並べてある椅子の前で腰を落とした。

ボードと椅子のすき間から覗くと、うつむいた涼子の横顔が目に入った。ハンドタオルで濡れた髪を拭いているが、白いブラウスもびしょ濡れだった。肩や腕に貼りついて、肌が透けている。スリムのパンツも濡れているが、こちらは濃紺なので透けてはいなかった。

（傘を持ってなかったのか……駅からここに来る途中で降りだしたんだな）

状況はすぐにわかった。だが、そんなことより、濡れたブラウスに目が釘付けだ。

前髪を拭いていた手を後頭部にやると、大きなバストが露《あらわ》になり、雅弘は息を呑んだ。

ブラジャーが完全に透けている。ブラウスと同じ白だが、濡れて肌が透けているので、カップの形がくっきりわかる。ブラウスを着ていないのも同然で、レースの縁取りまで確認できた。

スタイルがいいのはわかっていたが、こうして見ると、涼子のバストはかなり大きめだ。Gカップくらいあるのは間違いない。思わぬ光景に出くわし、股間がムズムズ疼きだした。

涼子は濡れた髪を手早く拭くと、ブラウスのボタンを外しはじめた。

「……………！」

雅弘はビックリして、危うく声が出そうになった。

彼がいることに気づいていない涼子は、何のためらいもなくブラウスを脱いで、上はブラジャーだけになった。首筋から胸元、肩や腕、腋の下にタオルを当てていく。

カップからはみ出た谷間に目を凝らしていた雅弘は、ポケットからスマートフォンを引っ張り出し、無音シャッターのカメラアプリを急いで起動させた。

盗撮などやる勇気はなかったが、願望はあるので、友だちからこのアプリのことを聞いたときに、とりあえずインストールしておいた。それがこんなふうに役立つとは思いもしなかった。涼子の下着姿を目に焼きつけるだけでなく、記録しておけるのだ。

ホワイトボードと椅子のすき間からずれないように、背面レンズの位置を調整する。上下がちょっと欠けてしまうが、涼子のボディをとらえることは十分にできた。

夢中でシャッターボタンを押し、ブラジャー姿の涼子を撮影する。バストをズームアップして、さらに何枚も撮る。

(こんなチャンスは、二度とないだろうな)

そう思うと、いくら撮っても多すぎることはない。息を殺してシャッターを押しつづけた。

すると、涼子はブラジャーのストラップを外し、片方のカップをめくった。乳房はもちろん、乳首までむき出しになり、息が止まりそうになる。

さらにもう片方のカップをめくり、豊かな乳房が惜しげもなく晒されると、こみ上げる興奮で手が震えた。シャッターボタンを押す手が止まったのは、写真がぶれてしまうからではない。セクシーな光景に、目を奪われてしまったのだ。

涼子はバストにもタオルを押し当てた。カップの内側にまで、雨が染み込んだらしい。

タオルが当たって乳房が変形するのを、雅弘は食い入るように見つめた。そっとやさしく拭いているだけなのに、悩ましく揺れるのだ。いかにも柔らかそうで、タッチしてみたくてたまらない。

見え隠れする乳首と乳輪は、バスト本体に比べると小さめだが、適度に色づいてなまめかしい。ピンク色がほんのり褐色にくすんで、これが人妻の乳首なのかと思った。

（あれを旦那さんに吸われて、悶えまくるのか……）

いつも落ち着いた雰囲気の彼女が、よがり声をあげる姿を想像して、雅弘の股間はますます硬くなった。

彼は童貞ではないが経験は浅く、前につき合っていたカノジョとは、何度かセックスしただけで別れてしまった。だから、人妻の性の実態なんて想像するしかないのだが、あられもなく乱れる涼子を、逆に好き勝手に思い描けるのだった。

ふと我に返ると、慌ててシャッターを押した。乳首までむき出しになっているのを、撮り忘れてはいけない。

だが、揺れるバストを盗撮するなら、静止画より動画のほうがいいことにすぐ気がついて、モードを切り替えた。

最初はごく普通に涼子の上半身をフレーム内にとらえていたが、顔やバストのアップを入れたり、再び引いて撮ったりした。まるでAVのカメラマンになったような気分だ。

ブリーフの中で、ペニスは力強く勃起していた。亀頭がこすれて、暴発しそうなほど気持ちいい。この場で引っ張り出して、しごきたいくらいだ。

やがて拭き終わると、涼子は乳房を脇から中央に寄せながら持ち上げ、カップに収めた。そうやって両方のバストのかたちを整えると、フウッと息をついて、腕時計を見た。

講座の開始時刻が迫っていることに、雅弘も気がついた。だが、彼女が出ていかなければ、椅子を運ぶことができない。

涼子はテーブルに乗っているビニールの包みを破った。それが置いてあることに今まで気づかなかったが、女子職員の制服の半袖シャツだった。タオルといっしょに、事務室で新品を貸してもらったのだろう。

おそらく、びしょ濡れのブラウスのまま五階の控室へ向かうわけにいかず、すぐ隣のこの部屋で着替えることにしたのだ。職員にそう勧められたのかもしれない。

ようやく事態が呑み込めたところで、涼子の着替えは終了した。

スマホを持ったまま息を殺していた雅弘は、彼女が出ていくとポケットにしまい、大きく深呼吸をした。

それから五階へ持っていく椅子を引っ張り出し、涼子がエレベータに乗ったくらいの時間を見計らって準備室を出た。

2

「富田君、ボーッとしてないで、五階の水彩画、後片づけに行ってきて」

若い女性職員に言われ、雅弘はギクッとした。涼子の下着姿や揺れる乳房がなかなか頭から離れず、終了時間を過ぎたことに気づかなかったのだ。

「すいません。すぐ行きます」

慌てて立ち上がり、エレベータに向かう。今日のスクールはこれで終わり、後片づけが必要な教室は、五階の水彩画だけだった。

（涼子先生はもう帰ったかな）

顔を見たいとは思うが、何だか怖い気もする。

彼女は気づいていなくても、下着姿と裸の乳房を見てしまった自分が、平静を装うのは難しいかもしれない。思い出すだけで興奮が蘇るくらいだから、面と向かうと変な態度を取ってしまいそうだ。

五階で降りると、講座が終わって帰る生徒たちがエレベータを待っていた。

「お疲れ様でした」

お辞儀をして横をすり抜け、水彩画で使った部屋に行くと、涼子が一人ポツンと立っていた。制服の半袖シャツを着た見慣れない姿だが、女性職員にはない色香を放っている。

だが、うっとり眺めている余裕はなかった。覗いていたことは気づかれていないはずなのに、何となく嫌な予感がした。

「どうも、お疲れ様でした」

挨拶だけして、素知らぬ顔でイーゼルと椅子を片づけはじめると、涼子が手招きをした。

「ちょっといいかしら。あなたを待っていたのよ」

落ち着いた声で、表情もふだんのままだが、悪い予感が的中したかもしれない。急に冷や汗が滲み出た。

「聞きたいことがあるの。回りくどい言い方はしないから、正直に答えてね」

「は、はい……」

「さっき、始まる前に事務室の隣の部屋に寄ったんだけど、そのとき、富田君もいたんじゃないかしら？」

恐れていたことが現実になり、雅弘は動揺した。しかし、姿は見られていないはずなので、なぜバレたのかは不明だ。

「ど、どうしてそんなことを……」

「やっぱりそうだったのね」

焦って口ごもると、涼子は納得したように頷いた。

「五階へ上がる前に、事務室にお礼を言って、ちょっと話をしていたら、あなたが椅子を運んでいくのが見えたのよ。あの部屋に隠れていたのね」

「隠れてたわけじゃなくて、たまたまあそこにいただけで……」

「どうして声をかけてくれなかったの？」

「先生をビックリさせてしまうと思って……どうしようか迷っていたら、声をかけるタイミングを逃してしまって……」

やんわりとだが、咎めるような口調だった涼子は、彼の適当な言い訳を、いちおうは信じてくれたようだった。

「でも、ただあの部屋にいただけかしら。私が何をしているか、覗いていたんじゃない？」

「……」

覗きのことを言われて、バストについ目が行ってしまい、慌てて逸らした。返す言葉が思いつかなくて黙っていると、涼子の頬がほんのり染まった。着替えを覗かれたことがはっきりして、恥じらいが顔に出たようだ。こんな状況にもかかわらず、年上の女性が恥じらいを見せるのは、何とも色っぽいものだと思った。

「ごめんなさい」

雅弘が謝ると、彼女の表情から羞恥の色が消え、わずかに眉をひそめた。

「やっぱり、そうだったのね。真面目な学生さんだと思ってたけど、そんなことをする人だったなんて……」

感情を抑えてはいるが、軽蔑する気持ちがこもっているようだった。雅弘は彼女が好印象を持ってくれていたことを知り、それが一気に悪いほうへ傾いていくことに動揺した。

このままでは真面目を装った覗き魔、変態と思われてしまう。そうではないことを、何とかわかってもらいたい。

「本当にすみません。ごめんなさい。でも、いやらしい気持ちで覗いたわけではないんです。先生のことが好きだから、つい……」

焦ってうっかり本音を口にしてしまい、いっそう慌てた。

ところが、ほんの一瞬だったが、涼子は切れ長の目をうれしそうに細めた。おかげで雅弘は、さらに口が滑った。

「最初に会ったときから、ずっと憧れてたんです。顔を見るだけでもうれしくて、ちょっと声をかけてもらうと、もっとうれしくて……」

「富田君……」

涼子は少し困ったように口を挟んだ。

だが、雅弘はもう引っ込みがつかない。

「毎週、先生の教室の日が待ち遠しくて、今日だって朝からずっとワクワクしてたんです。本当です。だから、先生があの部屋に入ってきたとき、ドキドキしちゃって、声もかけられなくて……すみません。本当にごめんなさい」

そこまで一気にまくしたてると、涼子はゆっくりと口を開いた。

「あのね、富田君。気持ちはうれしいけど、こんなオバサンなんかじゃなくて、同じ年頃の女の子に目を向けたほうがいいと思うわ」

噛んで含めるような言い方をされ、雅弘はむきになった。

「オバサンなんて、とんでもない。こんなに若くてきれいなんだから。同年代の女子なんて、かなうわけないです」

「でも、私は結婚している身だもの、あなたの気持ちを受けとめるわけには、いかないでしょ」

そう言われると、反論のしようがなかった。涼子は憧れの存在だが、交際を迫るつもりはないし、そんなことが可能だとも思えない。

「とにかく、あなたは勉強とアルバイトを一所懸命やることね。あの部屋で見たことは忘れなさい。誰かにしゃべったりしたらダメよ」

涼子は諭《さと》すように言うと、彼の肩にそっと手を置き、部屋から出ていった。

雅弘は突っ立ったまま、あなたの気持ちを受けとめるわけにはいかないという言葉を、頭の中で何度も反芻した。肩には涼子の手の感触がいつまでも残っていた。

3

それから、次の水彩画教室の日まで、雅弘は落ち着かない気分で一週間を過ごすことになった。

つい口が滑ってしまった結果とはいえ、せっかく告白した思いが届かなかったのは残念だった。だが、涼子はまったく相手にしないというわけではなかったし、やんわり断った理由は、結婚しているからというものだった。

（もし既婚者でなかったら、どうなんだ……）

少しは可能性があったのだろうか、などと考えてしまい、アルバイトをしていても、どこか上の空で身が入らなかった。

覗きについては、厳しく咎められなくてよかったが、あれがなければ涼子の受け止め方はもう少し違ったかもしれない。もっとも、それでは告白などしてはいないのだが、都合のいいことばかりを考えてしまうのだった。

翌週、涼子の教室の日がやって来た。

雅弘はアルバイトに出る前から、また会えると思ってソワソワしていた。

ところが、彼女がカルチャースクールに来たのは、雅弘が教室の準備を終えて、別の用事で事務室を離れているときだったらしい。戻ったらもう教室が始まる時間で、姿を見ることはできなかった。

それでも、終われば会うチャンスはあるのだが、すぐ教室の後片づけに行くと、涼子がもし控室に戻った場合、入れ違いになる可能性がある。それよりも彼女は事務室に寄って挨拶をして帰るはずだから、それまでここで待つことにした。

やがて教室が終わり、エレベータのほうを気にしていると、内線の呼び出し音が鳴った。雅弘の後ろにいる女性が出た。

「……はい、富田ですね。承知しました。すぐに行かせます」

彼女の応対を背中で聞きながら、このタイミングでまた雑用とは、何て運が悪いのだろうとガッカリした。

「富田さん。水彩画の鈴江先生が荷物運びを手伝ってほしいそうだから、行ってきてください」

「はい！」

思い込みが良い意味で外れ、弾かれるように立ち上がった。

エレベータに乗って五階のボタンを押すと、緊張が高まって胸がドキドキしてきた。ようやく涼子に会えるのはうれしいが、先週のことがあって以来なので、どういう態度で接すればいいか、迷うところはあるのだった。

五階で降りて水彩画の部屋まで行くと、涼子が待っていた。机には何冊か重ねたスケッチブックの上に、絵具や筆などの画材が乗せてある。

扇形に並べたイーゼルと椅子はもちろんそのままで、真ん中に置いた丸テーブルに、バラを差した花瓶と果物を盛った籐かごが乗っていた。雅弘が準備したので、テーブルに何かを乗せて静物画を描くというのはわかっていたが、花瓶と果物は涼子が自分で用意したようだ。

「申し訳ないけど、駐車場まで運ぶのを手伝ってもらえないかしら。今日は荷物が多いから、車で来たのよ」

雅弘の顔を見るなり、涼子はいつもと同じ調子で言った。表情もふだんと少しも変わっていないので、緊張はすんなり解けた。だが、先週告白したことが、あっさりスルーされたような気もして、そう考えると残念だった。

「わかりました。どれを運べばいいですか」

「その花瓶と果物のかごをお願いしていいかしら」

彼もいつもどおりの態度を保とうした。片手で花瓶をしっかり抱えてから、籐かごの取手を掴む。花瓶のバラは造花だが、果物は全部本物だ。花瓶も果物も、落とさないように気をつけて運ばなければならない。

涼子は肘にバッグをかけて、画材を乗せたスケッチブックを両手で支え持って、部屋を出た。雅弘もあとに従い、歩いていく。

今日の彼女は萌黄色のワンピースを着ており、腰に細いベルトを留めている。くびれたウエストから肉感的なヒップのラインが素晴らしい。一歩踏み出すたびに、柔らかなワンピースが揺れ、あちこちに張りついて体のラインを浮き立たせるのだ。

いつになくセクシーなファッションに、雅弘は目を奪われた。よく見ていると、下着のラインがうっすら浮かび上がるような気がする。一瞬だが、尻の割れ目の線まで確認できそうだ。

太ももののむっちり感にもそそられるし、ストッキングに包まれたふくらはぎや、細い足首までセクシーだった。

(片手が空いてればなあ……)

廊下を歩く涼子の後ろ姿は、これこそ動画で撮りたいと思うほどセクシーなので、両手を塞いだ荷物が恨めしくて仕方がない。しっかり目に焼きつけるしかなかった。

不意に彼女が振り返る恐れもあり、ドキドキしながら色っぽい下半身に目を凝らす。着替えを覗いたときとはまた違った興奮がこみ上げ、ズボンの中でペニスが膨張しはじめた。

エレベータに乗ると、悩ましいヒップラインを眺めることはできなくなった。その代わり、狭い空間で、甘い蜜のような香りがほんのり漂ってくる。

「これだけの荷物、教室に運び入れるときはどうしたんですか?」

「富田君がいなかったから、他の人に手伝ってもらったのよ」

「そうですか。用事を頼まれて、四階に行ってたときかな……」

そんなことを話しながら、雅弘は鼻からたっぷり息を吸い込んだ。コロンに交じって涼子の体臭が微かに感じられ、脳みそがとろけそうになる。

彼女が手元の荷物に目を落とした瞬間、ワンピースを突き上げるバストを盗み見た。薄い生地にブラジャーのレース飾りが透けていて、ペニスがさらに硬くなった。

一階まで下りると、涼子は裏口から出て、隣のビルの裏にある立体駐車場に向かった。車は二階だと言われ、ついていくとグレーのセダンがとまっていた。

「ごめんなさい。キーはポケットに入ってるの。荷物を下に置いて、出してくれないかしら」

涼子はそう言って、腰の右側を突き出した。後ろを歩いていたのでわからなかったが、ワンピースの太ももの前のほうが、わずかに膨らんでいる。

「ぼ、僕が取るんですか?」

「そうよ。私は手が塞がっているもの」

ワンピースのポケットに手を差し入れるなんて、いやらしい行為に思えて、声がうわずってしまった。だが、涼子は平然としている。

(いやらしいことを考えてると、気づかれちゃいそうだ……)

ただポケットからキーを取り出してやるだけだと思うことにして、雅弘はかごを下に置き、花瓶も注意して静かに置いた。

だが、ポケットに手を入れれば、太ももに触れるのは避けられない。いやらしいことを考えまいとしても無理だった。

腰骨の少し下にあるポケット口をさぐっただけで、卑猥なことをしている自分を意識してしまった。指先が入ると、太ももを撫でるように、さらに奥へ差し入れることになる。しかも、太ももの脇から前へ手を進めるので、まるで痴漢が秘部を狙っているようでもあった。

雅弘は実際に痴漢したことはないが、オナニーのオカズにしたことはある。だが、興奮はそのときより何倍も激しい。何しろこれは、想像ではなく、本物のむちっとした太ももの感触なのだ。

(こ、これは……痴漢よりすごいかも……)

痴漢だって、さすがにポケットに手を入れたりはしないだろう。いっそのこと秘部まで撫でてみたい欲求にかられた。

指の先がキーに触れた。さらに深く入れて掴むと、指が鼠蹊部のくぼみを感じた。同時にショーツの縁にも触れている。

頭にカーッと血が上り、ペニスがズキッと硬直したとたん、手が滑ってキーを落としてしまった。

「あっ……」

焦って思わず声が出た。もっと太ももを触っていたくて、わざと落としたと思われないか、心配になった。そんなつもりはなかったが、心のどこかに願望があり、無意識のうちに手が滑ったのかもしれない。

「取りにくいかしら。ごめんなさいね」

「いえ、大丈夫です」

とっさに変な受け答えをしたが、とにかく涼子が不審に思っていないので安心した。

あらためて、今度はしっかりとキーを摑む。鼠蹊部の近くをさぐるような手つきになったので、またも顔が火照ってしまった。

落とさないように用心しているふりをして、ゆっくりキーを取り出したのは、ポケットから手を抜くのが名残惜しかったからだ。

4

「ありがとう。ついでにロックを解除して、左の後ろのドアを開けてもらえると助かるわ」

右側は隣の車が邪魔になりそうだった。雅弘は言われたとおりにドアを開けた。

「とりあえずこっちのものを先に置いちゃうから、ちょっと待ってね。花瓶はあとで座席の足元に横にするから」

涼子は持っているスケッチブックや画材を後ろの座席に乗せようと、身を屈めた。

その直後だった。

「あっ！」

爪先をどこかに引っかけたのか、彼女は声をあげて前につんのめった。危うくルーフに頭をぶつけるところだったが、運よく後部座席に飛び込むような体勢になった。

「大丈夫ですか。膝とか脛とか、打ってません？」

「ええ、大丈夫。なんともないわ」

座席に両手をついて体を支え、事なきをえたようだった。だが、手にしていたスケッチブックや絵具、筆などはすべて散乱させてしまった。

涼子は車内に上半身を突っ込んだまま、派手に飛び散ったそれらを一つひとつ拾いはじめた。両足は車の外なので、雅弘の前で、これ見よがしにヒップが揺れている。

無防備な尻を眺めていた彼は、ふと車の外にも絵の具が数本落ちているのに気づいた。それは涼子の足元近くという、絶妙な位置だった。

「外にも落ちてるから、拾っておきますね」

そう言ってしゃがむと、優美な丸尻がすぐ目の前に迫った。ありがとう、と涼子は言うが、顔は見えない。つまり、雅弘がこんな間近でヒップを眺めているのも、彼女からは見えないのだ。

下手にしゃべると顔の位置がバレそうなので、黙っていた。薄い布地がぴったりと張りつき、ヒップラインが露骨に現れている。触りたい衝動をこらえながら、とりあえず絵具を一本拾おうと手を伸ばした。

その瞬間、涼子のつぶやく声がした。

「あら、こんなところにも落ちてるわ」

言い終わらないうちに、雅弘の額から鼻にかけて、柔らかなヒップが押し当たった。涼子が手前に落ちているものを拾おうと、腰を引いたらしい。

予期せぬことに驚いて、思わず身を反らしてしまったが、彼女は少しも気にしていない様子で、拾いつづけている。

ヒップが前後に揺らぐのを見て、雅弘は恐るおそるといった感じで、もう一度絵具に手を伸ばしながら、ヒップに顔を近づける。

絵具を拾った直後、再び尻肉が触れた。薄い布地を通して、頬で柔らかな弾力を感じる。頭にカーッと血が上り、目まいがしそうだ。

今度は体を反らさず、顔をくっつけたままでいたが、実際は緊張と興奮で強ばってしまい、動けない状態だった。

涼子も離れようとしないので、ヒップは頬に触れたままだ。

（いくらなんでも、気づいてないはずはないよな……もしかして、これくらいはどうでもいいことなのか？）

とにかく、嫌がられてはいないと感じて、緊張が少し和らいだ。雅弘はわずかに顔を揺らして、柔らかな尻肉に頬ずりをした。憧れの美人講師にこんなことができるなんて、夢のようだ。おかげでペニスはすっかり硬くなり、ズボンの中で悲鳴を上げるほど膨張している。

さきほどの甘い蜜のような香りは薄らいで、ミルクのような感じがする。エレベータの中ではコロンのほうが強く香ったが、こちらが涼子の肌の匂いに近いのかもしれない。そう思って、鼻からたっぷり息を吸い込んだ。

陶酔感にひたっていると、不意にヒップが離れた。涼子が片足を車内に踏み入れ、座席の奥に散らばったものを集めだしたのだ。

至福の時間はあっという間に終わってしまったが、相変わらず目の前に無防備なヒップが晒されている。

雅弘は外に落ちている絵具をゆっくり拾い集めながら、セクシーな眺めを堪能した。頬ずりした感触がまだ残っていて、勃起したペニスにビンビン響いている。

全部拾いきってしまうと、座席に置いたスケッチブックの上に、涼子が集めたものといっしょにしておいた。

「やだ、こんなところにまで……」

運転席とドアのすき間に、絵具が挟まっているらしい。涼子は横向きで体を寝かせるようにして、ドアとのすき間に手を伸ばした。尻半分を後部座席に乗せ、片手で運転席のシートを摑んでバランスを取っている。

おかげでワンピースに包まれた太ももとヒップ、くびれたウエストへと続くラインが、露骨に浮き出る状態になった。シートを摑む手が持ち上がっているので、短い袖のすき間から、クリーム色のブラジャーがもろに覗ける。横の盛り上がりも見事で、バストにも頬ずりしたくなってしまう。

舌なめずりする思いで眺めていると、涼子が急に体を起こした。その拍子に尻がスケッチブックの端に乗って、せっかく拾い集めた絵具や筆などが、バラバラと転がり散ってしまった。

「ああっ……」

慌てて伸ばした手が、涼子の丸尻に触れた。意図してやったのではなく、斜めに傾いたスケッチブックの上を、絵具や筆のほとんどがヒップのほうへ転がっていったせいだ。

(わざとやったわけじゃないですから……)

心の中で弁解するが、涼子は後ろを気にするそぶりも見せず、振り返ったりもしなかった。

それより再び体を横に寝かせて、手を伸ばした。絵具が取れたわけではなく、すき間に挟まったままらしいのだ。

雅弘はヒップの周りに散らばった絵具を、一本ずつ集めていった。指がワンピースの尻に触れてしまうが、今度は意図的にそうした。

「すみません。絵具がつぶれちゃうと、ヤバいですから……」

小声で弁解しながら、指に触れる柔らかな感触に神経を研ぎすませる。ヒップの周りの絵具を拾いきっても、まだ残っているかのようにモゾモゾ触りつづけた。尻肉のいちばん柔らかいところに、手の甲を軽く当てたりもした。

涼子はまだ取れなくて苦労している。

「どうして、こんな狭いところに……」

すき間に指が入りにくいのか、そんなことをつぶやいた。だが、取るのに時間がかかれば、それまでヒップに触れたままでいられるから、雅弘としてはありがたい。涼子はあまり気にしていないようだし、ポケットのキーをさぐったときも、変に思われなかった。

そんなことで雅弘の警戒心はどんどん薄れ、もっと大胆に触っても平気なのではないか、と思いはじめた。

(挟まったやつが取れるまでなら、大丈夫かもしれない)

涼子の意識がそちらに向いている間がチャンスだ。そう思うと、ヒップに触れることに慣れてきた手は、おずおずと向きを変えた。

さっき手の甲で触れたあたりに、手のひらでそっとタッチしてみる。その瞬間、心臓の鼓動がいちだんと激しくなった。

薄い布地に柔媚な肉が包まれているのを、はっきりと感じる。微かではあるが、なまなましい感触が手のひらに伝わり、頭がクラクラした。

だが、とっさに考えたのは、涼子の意識がこちらに向かないように、ということだった。願ってもないこの状況を、できるだけ長くキープしたいのだ。

「そんなに取りにくいところに、入っちゃったんですか?」

話しかけることで、尻を触られていることに気づかなければいいと期待した。

「そうなのよ。もうちょっとで取れそうなんだけど……」

涼子は運転席とドアのすき間に手を入れて、ゴソゴソやっている。

雅弘は用心して、車の外を見回した。近くに人が来て、何をやっているのかと、見咎められてはまずい。だが、駐車場には他に誰もおらず、静まり返っていた。

5

ひとまず安心すると、気持ちはますます昂った。

成熟したヒップに触れたまま、雅弘も車内に足を入れ、助手席のシートを摑んで身を乗り出した。踏み入れた足は、涼子のふくらはぎに接触させた。こうすれば、ヒップを触られていることに気づきにくくなると思ったのだ。

「狭いところに手を入れて、痛くないですか?」

「ええ、まあ……」

「代わってあげられたらいいけど、僕の手じゃもっと取りにくいですよね」

「気を遣ってくれなくて、大丈夫……なんとか、なりそうだから」

涼子は横向きの体勢を保つのに懸命で、しゃべりにくいのだろうか。言葉が途切れがちだ。

「無理しないでくださいね。でも、取れないことには、しょうがないか」

絶えず話しかけながら、タッチした手で小さく円を描いてみる。とはいっても、柔らかさを感じられる程度に、軽く撫でるだけだった。

だが、手触りは素晴らしかった。薄いワンピースとショーツに包まれた尻肉が、手のひらに吸いつくようだ。

雅弘はふと、妙なことに気がついた。ストッキングをはいているのに、ワンピースの下はショーツの手触りしかないのだ。そういえば、ポケットに手を入れてショーツの端に触れたときも、ストッキングをはいている感じはしなかった。

(どういうことだ……もしかしてガーターベルトとか？　いや、それなら触ってわかりそうなものだけど……)

不思議に思っているうちに、触り方がだんだんと強まっていく。

やっぱりショーツだけらしいと、あらためて思ったときには、しっかり撫で回す手つきになっていた。

(ヤバい、気づかれてしまう……)

そう思って手を止めると、涼子もゴソゴソさぐるのをやめていた。気づかれたに違いない。冷たい汗が、背中をツーッと流れた。

「富田君て、平気でそんなことができる人だったのね」

背中を見せたまま、涼子がポツリと言った。

ビックリして手を引っ込めかけたが、すぐに止まった。彼女の声がやけに色っぽくて、咎めている雰囲気を感じないからだった。

「意外だわ。人は見かけによらないって、あなたみたいな人のことを言うのね」

顔が見えないから実際のところはわからないが、声の感じではクスクス笑っているようにも思える。

(本当は、最初から気がついていたとか……)

黙って気づかないふりをしていたのではないかと、都合のいいほうへ考えが行くと、触れたまま止めていた手が、また動きだした。さっきよりも、さらに露骨に撫で回す。

ここまでやってしまったのだから、いまさらやめても無意味というか、もったいないだけだと思った。

（叱られたらやめればいい。それまでは、続けてみよう）

そう思って撫で回すうちに、気持ちはますますエスカレートしていった。撫で回すだけでなく、揉みはじめたのだ。

指が尻のワレメに食い込み、円やかな肉感が手の中で踊る。柔らかいのに弾力と張りがあり、揉んでいる手をはね返すようだ。

指先にショーツの二重になった部分の端が触れている。ストッキングの手触りが感じられないのは明らかだった。だが、ワンピースの裾から伸びている足は、間違いなくストッキングに包まれている。

「ああん……あう……」

涼子がくぐもった声を漏らした。どこか甘い響きを含んでいて、雅弘の昂りをさらに煽った。触られて感じているような気がしてならない。

（中はどうなってるんだ……）

ヒップにストッキングの手触りを感じないのが気になり、揉み回しながら、片手でそっと裾をめくっていった。

すると、ストッキングは途中で幅五、六センチのレース模様のシリコンゴムに変わり、太ももを締めつけていた。その先は素肌だ。

（こういうことだったのか！）

太ももまでしかないストッキングは、グラビアやアダルト動画で見たことはあるが、経験の浅い雅弘は初めて目にするものだった。締めつけるレース模様が何ともセクシーで、いかにも熟れた女の太もも、といった印象を強くした。

丸尻を包むのはショーツ一枚だけ、となればそれも見てみたい。さらに裾を持ち上げると、パステルイエローのショーツが現れた。

脇のカットが鋭く、尻肉が腰骨の近くまで露になっているが、太ももの付け根に食い込んでいるのは、彼が揉み回したせいかもしれない。

「ああ、ダメよ……そんな……」

涼子は力のない声で言い、ヒップを揺らした。抵抗になっていないどころか、むしろ色気を振りまいて挑発しているみたいだ。

雅弘はもう一度、車の外を見回して、誰もいないことを確認すると、股布部分に顔を近づけて観察した。二重になった股底は、縦に何本か皺が寄っていた。その真ん中あたりで、うっすら色が変わっている。

（湿ってる？）

もしや、と思って太ももの付け根を摑み、グイッと伸ばしてみた。

「いやっ……」

涼子はとっさに太ももを閉じたが、雅弘がしっかり摑んでいたので、股布部分を暴くことができた。そこには細長い小さな染みができていた。

秘貝を濡らしているに違いないと思うと、確かめずにはいられない。ここまでやってしまうと、もう引っ込みがつかなかった。

尻肉を摑み直し、秘部に指を当てたとたん、涼子が腰をくねらせた。

「ああん、ダメよ、何てことをするの……やめなさい……」

そうは言っても、涼子は体に力が入らない。ここぞとばかりにいじり回し、はっきり湿り気を感じ取った。ショーツの上からワレメをこねると、みるみる広がっていく。

下着の上からではあるが、涼子の秘貝に触っていることを思うと、新たな興奮がこみ上げてきた。秘裂自体はグニュグニュした柔らかさで、手触りがいやらしい。

雅弘は激しく昂り、さらに股布の脇から指を潜らせた。人差し指と中指がぬめりを感じたとたん、股間がズキッと痺れた。憧れの人妻講師を濡らしたことが誇らしくなり、秘貝をこすりまくった。

『平気でそんなことができる人だったのね』

涼子の声が、頭の中で再生される。だが、けっして平気だったわけではなく、緊張と興奮で心臓がずっとバクバクしている。こんなことをしている自分が意外すぎて、夢の中の出来事のような気もした。

そのとき、不意に靴音が聞こえた。

焦ってあたりを見回すと、何台か並んだ車の向こうに、歩いている男の頭部が見えた。慌てて手を引っ込めると、涼子も人が来たことに気づいたようで、窓の外に顔を向けた。

雅弘は何事もなかったように、散らばった絵具や筆をスケッチブックの上にまとめ、彼女はめくれたワンピースを直して、奥の座席にきちんと座った。お互いに無言で、すばやい動きだった。

だが、車の外にあった果物のかごを彼女に渡し、花瓶を座席の足元に乗せてしまうと急に気まずくなって、雅弘はそそくさとその場を離れた。

駐車場から出たところで、指先の匂いを嗅いでみた。期待したようなものは感じられなくて残念だったが、ヌルッとした秘裂の感触を思い出すと、股間がまた強ばるのだった。

第二章　美人講師の濡れやすい秘部

1

駐車場で涼子に淫らなことをして、激しい興奮に襲われた雅弘だったが、すぐさま後悔の念が湧いて、不安にかられることになった。

涼子がカルチャースクールの誰かに訴えたら、厳しい処分を受けるのは必至だ。警察に届け出た場合、最悪は逮捕ということになるのだろうか。

翌日、ビクビクしながらバイトに行くと、職員はみないつもどおりに接してきたが、まだ所長しか知らないのかもしれないし、涼子が本部に直接訴えた可能性も考えられるので、安心はできなかった。

その後もバイト先で変わった様子はなかったが、どこでどんなふうに話が進んでいるか、いつ呼び出されるかといった不安がつきまとい、気が休まらないのだった。

一人で部屋にいるときは、涼子の秘部の感触を思い出しては、不安を紛らわした。すると、下着の中にしのばせた指先が、ヌルッと滑ったときの興奮が蘇り、きまって股間が熱く膨張した。

ペニスを摑み出し、しごかずにはいられないので、何度もオナニーをした。憧れるだけだった涼子は、すっかり性欲の対象になっていた。駐車場でのことは、そのきっかけには十分すぎる出来事だった。

だが、心地よい昂りは射精するまでであり、終わるとまた不安にかられ、悪いほうにばかり考えが行ってしまう。そんなことの繰り返しだった。

訴えられる可能性だけではない。つい調子に乗ってあんな過激なことをしたので、彼女に嫌われたのは間違いない。真面目な学生だと、せっかく好印象を持ってくれていたというのに、自らぶち壊してしまった。後悔先に立たずとは、まさにこのことだ。

そして次の週になり、涼子の水彩画教室の時間がやってきた。

五階の教室で準備をすませた雅弘は、彼女と顔を合わせるのをためらい、エレベータではなく階段で三階まで下りてきた。そこで事務室の前にいる涼子の姿が目に入ったので、慌てて防火扉の陰に隠れた。

彼女がエレベータのほうに歩いていくと、後ろ姿にジッと見入った。今日はわりとタイトなスカートをはいており、ヒップラインがなまめかしかった。あの肉尻にタッチし、秘裂をいじり回したことを思うと、股間がムズムズ疼いてくる。

自分がまずい立場に置かれていることは、とりあえず横に置いて、くびれた腰と揺れるヒップにしばし見とれていた。

「雅弘君」

突然、後ろから声をかけられたので、心臓が止まるかと思うほどビックリした。振り返ると、受講生の川野留美《かわのるみ》が立っていた。

「まさか、こんなところで油を売っているんじゃないわよね」

「ち、違いますよ。変なこと言わないでください」

慌てて涼子が去ったエレベータの方向を遮る位置に立った。女性講師の後ろ姿に見とれていたと、彼女に悟られたくなかった。

「ここの仕事には慣れた？」

「ええ、毎日、頑張ってやっています」

留美は彼が前にアルバイトをしていた喫茶店の常連客で、コーヒーやケーキを持っていくと、よく話しかけてきた。大きな瞳が印象的で、目鼻立ちがはっきりした、華やかな感じの美人だった。

喫茶店の閉店が決まったとき、カルチャースクールの仕事を紹介してくれたのは、彼女だった。元々ここの受講生で、アルバイトを募集していることを知っていて、ぜひやってみたらと勧めたのだ。

それもあって、雅弘の顔を見るたびに、仕事に慣れたかを尋ねてくる。といっても、バイトを紹介した恩着せがましさはなく、本当に心配してくれているようだった。

「今日はもう、お帰りですか」

「そう。今ペン習字が終わったところ」

「明日はエアロビでしたっけ？」

「そうよ。張りきってシェイプしないとね」

「そんな心配は、無用だと思いますけど」

留美はスレンダーなボディの持ち主で、いつもお洒落な恰好をしている。今日はスリムのブルージーンに白いサンダル、ざっくりしたサマーニットという出で立ちだ。

「バカねえ。見えないところに、肉がついてるのよ」

そう言って、思わせぶりに流し目を送ってきた。涼子より少し年下で三十歳らしいが、彼女も既婚で、成熟した女の匂いを感じさせる。

専業主婦だが家は裕福そうで、子どもがいないせいか、ここで週三つの講座に登録する余裕がある。喫茶店の常連だったときも、ほぼ毎日、午後のティータイムに来ていたそうだ。今は駅前のカフェに行くのが日課らしい。

「何だか元気がないみたいね。どうかしたの?」

「いえ、べつにそんな……」

留美が不意に真顔で尋ねるので、ドキッとした。普通に受け答えしているつもりだったが、涼子のことで浮かない気分が顔に出ていたのかもしれない。

「そうかしら。また、ガールフレンドとケンカでもしたんじゃないの」

からかうような口調だが、覗き込む目は笑っていなかった。以前から彼女は、雅弘に大学生の恋人がいると思い込んでいるか、あるいはそれを前提に話すことで、さぐりを入れているフシがあった。

年下の男として関心を持たれているようで、ちょっとくすぐったい気分になったものだが、ここでアルバイトを始めてからは、心の大部分を涼子が占めるようになり、それほどでもなくなった。

今はむしろ、彼女に涼子のことを知られたら大変だ、という警戒心のほうが強い。

留美は職員とも親しいので、きっとスクールじゅうにバラされてしまうに違いない。

「早く戻らないといけないので、失礼します」

雅弘は軽く頭を下げ、そそくさと事務室に戻った。

2

水彩画教室が終了すると、雅弘は涼子と顔を合わせなくてすむように、少し時間をおいてから後片づけを始めた。

イーゼルをまとめて三階の準備室へ運ぶと、残った椅子を片づけるためにまた五階へ向かう。すると、事務室の前で涼子が職員と話をしていたので、黙って後ろをすり抜けた。

だが、エレベータを待っていると、あとから涼子がやって来て、下りボタンを押した。

「お疲れ様でした」

気まずくても挨拶しないわけにはいかないので、目を見ずに頭を下げた。彼女もひと言だけ、お疲れ様でしたと言い、下りのエレベータに先に乗った。

雅弘はまた頭を下げ、視線を落としたまま、ドアが閉まるのを待った。涼子がこちらを見ているのがわかり、生きた心地がしない。きっと睨みつけているに違いないと思った。

ドアが閉まると、フーッとため息をついた。とりあえず、これで来週まで涼子と顔を合わせることはない。不安が消えるわけではないが、それまでこそこそ逃げる必要がないだけでも、少しは気持ちが軽くなりそうだった。

ところが、一階まで下りたエレベータが上がって来て、再びドアが開くと、涼子がまだ乗っていた。もろに目が合ってドキッとした。睨んではいないが、無表情なのがかえって怖い。

乗るのをためらっていると、彼女は静かに、だがきっぱりと言った。

「ぐずぐずしてないで、早く乗りなさい」

仕方なく乗ると、五階のボタンが押してあった。

(忘れ物でもしたのか……)

何てタイミングが悪いのだと、呆れるしかなかった。

ところが、五階に着くと、彼女は先に立って雅弘を促した。

「こっちに来なさい」

連れていかれたのは講師の控室だった。十畳くらいの部屋で、両側の壁に沿ってテーブルが置かれ、椅子がそれぞれ三脚ずつ並んでいる。

ここは女性用で、ダンスやエアロビクスの講師などが着替えるため、奥に試着室のような小さな更衣ブースがある。雅弘は掃除で何度か入ったことがあった。

「ここなら大丈夫ね……」

ひとり言のようにつぶやいた涼子は、振り返って腕組みをすると、真っすぐ彼を見た。叱責されるだろうと予想がついて、雅弘はうつむいた。

「富田君があんなことをする人だなんて、思ってもみなかったわ」

感情を抑えた声に、怒りが表れていた。どんなことを言われても黙って聞くしかないと、覚悟を決める。

「学生のくせに、ずいぶん生意気ね。遊び人を気取っているのかもしれないけど、十年早いんじゃないかしら。大人の女をナメると、大変なことになるから、よく覚えておきなさい」

「はい……」

小さな声で返事をしたが、〝大人の女をナメる〞と聞いてクンニを連想してしまい、こんなときにもかかわらず昂りを覚えた。うっかり涼子の下腹部に目が行き、慌ててそらしたが、ヌメッた指先の感覚を思い出し、舐めたらどうだろうと、つい想像を膨らませる。

恐るおそる涼子を見ると、どこか恥じらいの色が浮かんでいるような感じがした。下腹に視線を向けられたので、秘裂をいじられたことを、彼女も思い出したのかもしれない。

「わかったら、もう二度としないって約束してちょうだい」

怒ったような声で言われ、とっさに頷いたが、あとから気づいたことがあった。

「約束すれば、今回のことは問題にはしないということですか？」

「勘違いしないでほしいんだけど……」

彼女が言うには、職場で問題にしたり、ましてや警察沙汰になれば、夫に知られて夫婦仲がギクシャクしかねないから、ということだった。

「今度やったら、そのときは絶対に許さないから、よく覚えておくのよ」

「わかりました。もうあんなことはしません」

素直に答えたが、妙だなと思った。〝夫に知られたくない〟と〝今度やったら許さない〟は矛盾しないだろうか。夫に知られたくなければ、またやっても訴えたりはできないはずだ。

どうも言ってることがチグハグだと感じ、おかげで雅弘は、より冷静に考えられるようになった。

涼子は口では許さないとか、二度としないでと言うが、表情をよく見ると、それほど怒っているようには思えないのだ。

学生のくせに生意気だと叱責したのも、年下の男にイタズラされた恥ずかしさをカムフラージュしただけではないだろうか。

駐車場でイタズラしたとき、彼女はやめなさいと言いながらも、意外と色っぽい声だったし、体に力が入らない様子だった。触られて感じてしまったのだとすれば、それを恥じらう気持ちがあってもおかしくないし、さっきの表情もそういうことだったのかもしれない。

雅弘はふと、盗撮のことをバラしたらどうなるだろうと興味が湧いた。

いったん思いつくと、試さずにはいられない。

「そうだ、着替えの画像も削除しておきますね」

すぐにポケットからスマホを取り出した。

「着替えの画像って……」

「これです」

ブラウスを脱いでブラジャー姿になった画像を表示して見せた。大切な宝物である盗撮画像を、切り札のように使う。

「盗み撮りしてたのね」

涼子は驚いて口元に手を当て、切れ長の目を大きく見開いた。

「すみません。撮ってしまいました。でも、全部消しますから大丈夫です」

「全部って、いったい何枚撮ったの?」

「数えてないけど、大丈夫ですよ、ほら」

目の前で盗撮画像を削除してみせる。一覧でまとめて削除できるが、それでは面白くないので、一枚ずつ表示して見せながら消していく。それにつれて涼子の表情は、驚きから羞恥へと変わっていった。

ブラジャーをめくり、乳首を晒した画像が表示されたとたん、「あっ」と短い声をあげて、息を呑んだ。

さらに動画を再生して見せると、慌ててスマホのパネルを手で覆った。

「こんなことしてたなんて……そんなひどい人だとは思わなかったわ」

いくら非難されても、雅弘は動じなかった。こうやって恥ずかしさを煽ることに、ひそかな悦びを感じはじめていたからだ。

「それじゃ消せませんから、手をどけてください」

涼子が渋々手を離すと、画面はちょうどバストのアップで、露な乳首が揺れていた。

彼女の顔がみるみる赤く染まるのを見て、体じゅうがゾクゾク痺れた。股間も熱くたぎっていく。

乳首動画を見せつけるように、わざとゆっくり削除ボタンに触れる。

「これで全部消えました。安心してください」

ファイルはすべてバックアップを取ってあるので、スマホから削除したところで痛くも痒くもない。

「本当にそれで全部?」

「もちろん、ホントです」

「信用できないわ。ちょっと貸してちょうだい」

「ウソじゃないですよ」

涼子が無理やり奪おうとする。それに抗ったとたん、手が滑ってスマホが宙を舞い、テーブルの下の壁に勢いよくぶつかった。

「あっ!」

慌ててテーブルに潜って拾った。

故障していないか、急いでチェックしてみる。

「大丈夫？　壊れなかった？」

涼子も心配そうに手元を覗き込んだ。

大切なアプリがきちんと起動するか、確認していると、甘い蜜のような匂いが鼻腔をくすぐった。涼子がぴったり体を寄せるので、腕と腕が触れている。

不意にバストが触れてドキッとした。柔らかな肉の膨らみが、肘の少し上に当たっている。意図的ではないようで、涼子が気づかないことを祈った。

スマホが故障していないことはすぐわかったが、この状況をもっと楽しみたくて、あれこれ操作を続けた。

バストは離れたり、また触れたりを繰り返しており、豊満なボリューム感で頭がクラクラしそうだ。腕を強く押しつけたい衝動にかられる。

我慢しているうちにだんだん焦れてきて、一瞬、肘で押してしまった。慌てて引いたが、そろそろ気づかれるかもしれないと思い、名残を惜しみながら離した。

「どうやら無事だったみたいです」

「よかった。でも、ちゃんと消したか確認したいから、貸して」

今度は奪おうとはせず、手を差し出した。他に見られて困る写真もないので、素直に渡した。

涼子はカメラのフォルダを開いて、一つずつチェックしていった。その様子を眺めているふりをして、突き上げるような豊かなバストを鑑賞する。

一度は生で見ているし、画像と動画は何度も見たので、ブラウスの上からでも見事な乳房を思い描くことができた。腕に触れた柔らかさを思い出しながら間近で見ていると、手で触ってみたくて仕方がない。

甘い匂いも刺激的で、股間はますます硬く膨張していった。

「どうです。ちゃんと削除してあるでしょ」

そう言って画面を覗き込みながら、うつむく涼子の髪に顔を近づけた。思いきり息を吸うと、甘い匂いで頭の中がボーッと霞んでくる。

「そうねえ……」

盗撮画像が一枚も残っていないので、涼子は肩すかしを食ったようだった。

余裕を感じはじめている雅弘は、もう少しからかってみようと思った。

「それと、コピーは取ってないので、安心してください」

「コピーって……まさか!?」

「だから、取ってませんよ。ネットに流出する心配もないです」

わざわざそんな話を持ち出して、不安を煽った。表情を曇らせた涼子は、疑心暗鬼と羞恥のはざまで揺れているに違いない。

「本当でしょうね」

念を入れてもう一度チェックしはじめた。また顔を近づけて匂いを嗅ぐと、涼子の髪で鼻と頬をくすぐられた。

「どこか別のところにコピーしてあるんじゃないの？」

他のフォルダを疑っているが、調べ方がわからないようで、意味もなくタッチパネルをいじるだけだ。焦りなのか不安なのか、手が震えている。

「してませんよ、そんなこと。信用してください」

雅弘は耳元でささやくように言った。恋人みたいに息を吹きかけたことで、いっそうムラムラしてしまった。昂りを抑えるのは難しく、涼子の肩に手を回し、抱き寄せようとした。

「なにをするの……」

涼子が身をよじって逃げようとするので、両腕で抱きしめた。背後から抱きつく恰好だが、とっさのことで、考えるより先に体が動いていた。

「やめて、離して！」

さらに抗おうとするのを、思いきり強く抱きしめながら、必死に考えた。こんな大胆なことをしてしまった以上、中途半端なかたちでやめると、かえってマズいことになるのではないか、と。

3

瞬く間に涼子の力が弱まった。これでもかというほど力を込めたので、ビックリして体が動かないか、あるいは抵抗は無理と諦めたのかもしれない。

人妻講師の抱き心地は、うっとりするほど柔らかい。しかも、股間に尻肉が当たっていて、激しい興奮を覚える。ずっとこのままでいたいと思う。

「お願いだから、離して。やめてくれたら、何もなかったことにしてあげるから」

涼子は落ち着いた声になり、諭すように言った。力で抵抗できないなら、言葉で説得しようということらしい。

だが、そんなのはウソだろう。駐車場のこともあるし、ここまでやって、何もなかったことにできるとは思えない。それに、ここでやめたら〝アルバイト学生が女性講師に抱きついた〟という事実が残るだけだ。

「こんなことをして、誰かが来たら、あなたはクビになるわよ」

「だ、誰も来ませんよ、もう……」

今日の教室は終了しているので、その可能性は低いはずだが、いつまでも雅弘が戻らなければ、事務室の誰かがさがしに来るかもしれない。

(ゆっくりしている時間はないぞ。こうなったら、とことん感じさせてしまったほうがいいか……)

この状況にケリをつけるには、それしかないだろう。人妻を感じさせるなんて、経験の少ない自分にできるかどうか自信はないが、駐車場でイタズラしたときに濡れたことを考えると、涼子は感じやすい体質かもしれない。

(イチかバチか、やるしかない!)

雅弘は意を決して、後ろから抱きしめたまま、片手でバストを鷲摑みにした。ブラウスとブラジャー越しに、巨乳の柔らかさと、悩ましいボリューム感が伝わってくる。

「はうっ……やめなさい……」

涼子が身をよじったとたん、肉感的なヒップが股間を圧迫し、甘美な電流がペニスを直撃した。ますます硬くなった股間を押しつけ、Gカップのバストに指を食い込ませる。

「柔らかい、先生のオッパイ……」

「ううっ、ダメよ……」

恥ずかしさが込み上げるのか、抱きしめる力を少し緩めても、涼子は体に力が入らないようだ。おかげで片手を自由に動かせる。

すかさずブラウスのボタンを外す。バストの下まで外してはだけさせると、ブラジャーの上から揉み回した。

「くうっ……」

涼子は体をくねらせるだけで、抵抗できない。声はどこかなまめかしく、喘ぎに近いものになっている。早くも感じはじめたのかと、背中を押される思いで巨乳を揉み回した。

涼子がいっそう体をくねらせるので、ペニスは尻肉で揉まれ、力強く勃起した。彼女も気づいているに違いない。硬さをアピールするように強く押しつけると、恥ずかしそうにうつむき、小さく首を振った。

さらに雅弘は、ブラジャーのカップをずらして乳首を暴こうとした。すると、ストラップが肩から外れたらしく、カップがめくれて片方の乳房がまろび出た。

「おっ！」

狙った以上の露出に、思わず声が出た。真正面からじっくり眺める余裕はないが、間近でさらけ出された巨乳と、ほんのり褐色にくすんだ乳首に感動と興奮を覚える。

下からすくうように手のひらをかぶせ、巨乳の重みを確かめると、やんわり揉んで感触を味わった。ボリューム満点で中身が詰まっているが、触り心地はグニュッと柔らかい。

「はあっ、はあっ……」

とたんに涼子の息づかいが荒くなった。抱きしめる腕の中で、体のくねりも強くなり、揉まれるペニスはさらに気持ちいい。

続いて乳首を指先でとらえた。小さいが、いかにも敏感そうなパーツであり、乳輪に埋め込むようにいたぶると、涼子は体をビクッとさせた。

人差し指と親指でつまんでみる。すでに尖りだしていて、軽く転がしているうちに、気のせいかくすんだ褐色が鮮やかな色合いに変化するように感じられた。

「ああっ、ダメ……」

「先生、感じてくれているんですね」

「くはあっ、感じてなんかいないわ……」

「でも、こんなにコリコリしてる」

とがった乳首をしつこく責め立てた。強弱をつけて乳首をつまむと、涼子は腰をくねらせ、雅弘の股間にヒップを押しつけてくる。熟れた体がなまめかしい反応を示しているようで、うれしくなった。

（これなら何とかなるかも……）

とことん感じさせるという目論見は、どうやら正しかったようだ。希望の光が見えたとたん、雅弘の欲望に火がついた。

「な、なにをするの……」

涼子を抱きしめたまま部屋の奥まで行き、更衣ブースのドアを開けた。

もしも職員の誰かが来ても、ブースの中にいれば慌てることはない。女性講師の控室だから、更衣ブースに雅弘が入っているとは思わないはずだ。

「この中なら安心です」

「何が安心なのよ……あっ！」

後ろ手にドアを閉め、ロックしたところで、急に涼子の体が沈み込んだ。靴脱ぎスペースとの段差にヒールを取られ、後ろに倒れたのだ。

支えようとして雅弘も前のめりになり、尻もちをついた涼子の前でひざまずく恰好になった。弾みで彼女の靴は脱げたが、雅弘は土足であがってしまったので、慌てて脱いだ。

「大丈夫ですか？」

涼子はビックリして、切れ長の目を大きく開いているが、立てた両ひざも開いていた。スカートは裾がずれて太ももが露出、パンストに包まれたダークブルーのショーツも丸見えだ。

雅弘もハッとして目をみはった。視線に気づいて閉じようとするのを強引に押さえ、さらに開脚ポーズを取らせる。スカートはさらにずり上がり、太ももがむき出しになった。

「やめて、恥ずかしいわ」

「感じてないって言うなら、調べさせてください」

「バカなことしないで……」

隠そうとする手をとっさに摑み、同時に肘を張って足を閉じさせない。恥ずかしそうに顔を背ける涼子の股間を、まじまじと見た。

駐車場のときのように湿っているだろうと思ったが、布地が濃いせいか、シミは確認できない。

ジッと凝視しているうちに、隠そうとしても無駄と諦めたようで、涼子の手から力が抜けていった。

雅弘は躊躇することなく、パンストとショーツのウエスト部分に指をかけ、引きおろそうとした。だが、何とかずらすことはできても、この状態で脱がすのは容易ではなさそうだ。

「脱がさないで……」

涼子は懸命に身をよじって抵抗した。

それが雅弘には幸運だった。体をよじるたびに、わずかだが尻が浮くので、かえって脱がせやすくなるのだ。

尻が浮くタイミングに合わせ、パンストとショーツをいっしょに少しずつずり下げる。何度か繰り返したところで、ひっかかっていた部分がスルリと脱げた。

すぐさまひざまで引き下ろし、さらに足を持ち上げると、涼子はバランスを崩して後ろに倒れ込んだ。そのすきに、片足から下着を抜き取った。

彼女がすばやく上半身を起こし、後ずさったので、もう片方はストッキングもショーツもふくらはぎのあたりに引っかかったままになった。

ひざをつかんで大きく開かせると、涼子は再び秘部を手で覆った。

だが、雅弘には余裕があった。開いた両足の間に腰を据えて、閉じられないようにしてから、彼女の手首を摑み、隠している股間から引きはがす。

美しい人妻のノーパンの秘部が、目の前にさらけ出された。

4

「ダメよ、いやっ……」

涼子は恥ずかしさをこらえるように首を振ったが、しっかり手を摑んでいるので、股間は無防備なままだ。

「ああっ、富田君……」

せつなげに漏らす声に、ゾクゾクさせられた。駐車場では濡れた秘裂に直接触れたものの、見てはいない。

というより、雅弘自身、女性の秘部をまじまじと見るのはこれが初めてだった。何度かセックスしただけで別れたカノジョは羞恥心が強く、見られるのを極度に嫌がったからだ。

昂る気持ちを抑えつつ、涼子の秘貝をじっくり観察する。恥丘の陰毛はそれほど濃くなかった。小さな逆三角形を形作っているだけで、大陰唇にはまったく毛が生えていない。

ややふっくらしたその部分は、まっすぐ縦筋が刻み込まれ、小陰唇がペロッとはみ出している。わずかではあっても、毛のないスリットが端正なだけに、卑猥なアクセントになっている。

会陰に近い部分に透明な液体が滲み、輝いていた。やはり濡れていたとわかって、雅弘はほくそ笑んだ。

外に漏れ出してはいないが、奥から少し湧いてくるようなので、しばらく見ていると、だんだん量が増えて溝いっぱいにたまってきた。

試しに涼子の手首を摑んだまま、親指をワレメにあてがい、開いてみた。桜色の秘肉が露出すると、堤防が決壊したように、愛液がすぼまったアヌスのほうにしたたり落ちた。

「うわっ、垂れる……」

床まで垂れないように親指で押さえた。蜜汁はヌルッとして、水あめとまではいかないが、唾液と違って粘り気がある。指ですくって秘裂から離すと、長く糸を引いた。

「すごい……ねっとりしてる……」

口から出たのはひとり言だったが、涼子は羞恥を煽られたように、唇を嚙んで顔を背けた。もっと恥ずかしいことを言ってやれば面白そうだと、雅弘は思った。

「先生のお汁、いやらしく糸を引いてます」

「ウソよ、そんないいかげんなことを……」

涼子は顔を背けたまま否定した。

「本当ですよ。ほら、こんなに……」

もう一度、蜜汁をすくって親指を持ち上げると、透明な糸が上に向かって長く伸びた。涼子は頭を持ち上げ、恥丘越しにそれを見たとたん、声をあげてのけ反った。

「いやあっ……」

摑んでいた雅弘の手を振り払い、両手で顔を覆った。おかげで自由に秘裂を弄べるようになり、桜色の粘膜を好きなようにいじり回した。小陰唇はグニュグニュして、卑猥に形を変える。広げると、蜜穴が呼吸するようにヒクッと動いた。

人差し指と親指を愛液まみれにしてからゆっくり開くと、蜜汁が糸を引いて架け橋のようになった。

「見て見て、先生。こんなにふうになってます」

涼子はその言葉につられ、顔を覆っていた手を離してこちらを見た。伸びた蜜の糸を見せつけると、顔を背けて激しくかぶりを振った。一回りも年上の人妻を、ここまで恥ずかしがらせていることに、沸き立つような興奮を覚えた。

「これ、先生のオマ×コから染み出してきたものですよ」

「いや、知らないわ……」

憧れだった涼子に、そんな卑猥な言葉を浴びせていることが、信じられない気もした。いままでの自分とは違うように感じる。だが、これは紛れもない現実で、目の前には無防備な秘部が晒されているのだ。

ワレメの上部に小さなパーツがある。包皮に覆われ。わずかに顔を覗かせているク

リトリスだ。人差し指で包皮の膨らみに触れると、涼子の腰がビクッと揺れた。

「ううっ……」

思った以上に感度がよさそうで、小さく円を描くようすると、腰の揺れが大きくな

り、太ももがわなないた。さらに包皮から覗いている突起をこすり上げると、腰が強

くはねた。

「ちょっと触っただけなのに、そんなに気持ちいいんですね」

「はあっ、ダメよ、富田君……」

雅弘は感動をそのまま口にしたが、涼子は恥ずかしそうに体をくねらせた。

ポッンと開いた秘穴から、新たに蜜が湧き出してくる。なまなましいシーンを目の

当たりにして、体が震えるほど昂りを覚えた。

秘裂は蜜汁でヌルヌルになっており、陰核をこするたびに、くびれた腰が跳ねたりくねったりする。

「はううっ……あぁん……」

甘く鼻にかかった声が悩ましい。いやらしい腰つきも、鮮やかな桜色の秘肉も、何もかもが男の欲求をかき立てる。

牝のフェロモンに誘引されるように、雅弘はたっぷり蜜をたたえた秘裂に顔を近づけた。小ぢんまり生えそろったアンダーヘアは少し汗の匂いがしたが、なまめかしい淫臭がそれを覆い隠すように漂っている。

舌を伸ばすと、毛先が鼻をくすぐった。尖らせた舌が突起に触れたとたん、涼子は腰を震わせ、短い声をあげた。

「ひいっ!」

雅弘は両手で太ももを固定すると、夢中になって舐めまくった。ついこの間まで憧れるだけだった女性に、クンニリングスをしている。信じられないような現実に、感動もひとしおだ。

しかも、別れたカノジョはやらせてくれなかったので、これがクンニ初体験だった。

淫らな匂いはもちろん、舌を刺す愛液の酸味が新鮮だ。

内側の粘膜の感触にも、激しく興奮をかき立てられる。愛液のぬめりを利用しながら、ワレメの隅々まで舌を滑らせた。

「はあっ……あうう……ううんっ……」

涼子の声は、はっきりと甘い響きが聞き取れるようになった。ふだんの水彩画講師の彼女からは、想像もできないエロチックな声音だ。

「そんなにエッチな声を出すと、外に漏れちゃいますよ」

声が外に漏れて困るのは、雅弘にとっても同じだが、更衣ブースもドアを閉めたので、これくらいでは廊下まで聞こえることはないだろう。恥ずかしさを煽るように言ってみただけだ。

涼子は甘い声を殺して、彼の頭を押しやろうとするが、クンニをやめさせるほどの力はない。もちろん、強く押されてもやめる気はなかった。

クリトリスを舐めたり弾いたり、スリットにたまる蜜を唾液と混ぜ合わせたり、慣れないことを一所懸命に繰り返すうちに、ある考えが浮かんだ。これだけ気持ちよくさせたのだから、最後までいけるかもしれない、ということだ。

雅弘はいったんクンニを中断して、ヴァギナに中指を突き立てた。入り口をとらえると、押し込もうとするまでもなく、ヌルッと滑り込んだ。

「あっ……はううっ……」

涼子は喘ぎ声を漏らしてのけ反った。

ヴァギナが悩ましげに締まっているのがわかる。ぬめり具合も素晴らしく、うねるような肉ヒダが続いている。思いきって奥まで指を突き入れると、涼子の背中が大きく反って、下半身に震えが走った。

「あはあっ、そんな奥まで……」

中指を出し入れさせたとたん、秘肉がキュッと締めつけた。それでも愛液が溢れているので滑りがいい。片手を遊ばせておくのはもったいないので、クリトリスをこすってみた。

「くふうっ……ダメよ、そんな……ああっ……」

二つのポイントを同時に攻撃すると、涼子はいっそう激しく悶え、下半身がわななな震えて止まらない。小陰唇や膣穴の内部にも震えが走り、中も外も洪水状態になった。

「はうあっ、あうんっ……」

うめき声も切羽詰まったような響きを帯びてきた。雅弘はうれしくなり、ピストンを速め、クリトリスをさらにこすりまくった。

「ひぃいっ！」

涼子はかすれた声をあげ、腰をカクッカクッと震わせた。その直後、ヒップが床から浮き上がり、指が強く締めつけられた。

何秒かしてヒップは床に落ちたが、ヴァギナのひくつきはまだ続いていた。どうやらアクメに達したらしいとわかり、雅弘は誇らしい気持ちでいっぱいになった。

涼子は荒い息をして、うつろな視線をしばらく宙に向けていたが、だんだんと落ち着いてくるようだった。

5

雅弘は指でこすって、愛液がたっぷり付着しているのをあらためて確認した。人妻を感じさせるなんて自信はなかったが、やはり彼女は性的に敏感な体質だったらしい。これなら一気に最後までいけるに違いないと確信した。

その場で立ち上がると、涼子ものろのろと気怠そうに起き上がり、横座りになった。めくれたブラジャーのカップを元に戻し、はだけたブラウスを直したが、ボタンをはめる気力はないらしい。

手早くズボンとブリーフを脱ぐと、ペニスは天井を向いて雄々しくそそり立った。涼子はちらっとそれを見て目をみはったが、すぐに顔を背けた。雅弘は仁王立ちになり、一歩進んで顔の前に勃起を差し出した。涼子は張り詰めた亀頭をまたちらっと見て、下を向いた。

「そんなもの、しまってちょうだい……」

顔を背けながらも横目でちらちら見ているので、これ見よがしに股間を突き出すと、興奮はさらに高まった。

「でも、こんなになっちゃったのは、先生のオマ×コがエッチすぎるからです。どうにかしてください」

「私のせいではないわ……」

「違いますよ。あんなにグチョグチョにして、いやらしすぎるのが原因です」

「そんなこと言わないで……」

恥ずかしそうに顔を赤らめているが、心の中では夫以外の男性のペニスに淫らな興味をそそられているのだろう。

「握ってみてください」

手を取って硬直したサオに導くと、嫌がって引っ込めようとするが、さほど力はなく、指を巻きつかせることができた。彼女のほっそりとした手が触れているだけで、ペニスはいっそう硬く反り返った。

いったん触らせてしまうと、引っ込めようという意志は感じられず、諦めてされるままになった。

雅弘はしばらく手で押さえていたが、試しにゆっくり離してみても、涼子はそのままでいる。積極的に握るわけではなく、そっと触れているだけだが、どうやら離すつもりはないらしい。

もう顔を背けることもなくなった。というより、膨れ上がった亀頭から目が離せない様子だ。たくましさに見とれているようでもあった。

「硬いわ……」

不意につぶやくと、軽く握ってきた。硬さを確かめるように、緩めたり握ったりを繰り返す。

「しごいてくれたらうれしいです」

そう言うと、握るのをやめて力を抜いてしまった。迷っているのかもしれないが、待つのはもどかしいので、また上から押さえてしごかせた。

それでも触れているのが涼子の手だから、自分でやるのとは全然違う。気持ちよくてうっとりする。

しごかされるままになっていた涼子は、雅弘が手を離すとやめてしまった。だが、サオは握ったままだ。

「続けてください」

自分の意志でしごくのを期待して、手は添えずに言った。

涼子は仕方なさそうにゆっくり手を動かした。サオの皮が突っ張り、心地よく摩擦される。手つきはためらうようだが、さっきよりさらに気持ちよくなった。

「ううっ、先生……」

思わず声を漏らすと、しだいに手つきがしっかりしてきた。強く握るわけではないが、感触を確かめるような触り方は、かえって快感を加速させる。

「このへんに触れるようにして」

指で亀頭冠を示すと、涼子は握る位置を変えてくれた。カリ首が刺激されるようになり、快感がさらにアップする。

それだけでなく、サオをしごきながら、親指で亀頭の裏筋をいっしょにこすってくれる。ペニスをしごき慣れている感じがして、いかにも人妻らしいと思える巧みな手つきだった。何より力加減が絶妙だ。

「すごいわ、はち切れそうね……」

かすれ気味の声がセクシーに響いた。目つきも妙に色っぽくなっている。たくましいペニスをしごいて、気持ちが昂ってきたに違いない。

そう思ったとたん、ペニスが脈を打ち、尿道口から先走り液が漏れ出した。亀頭を滴るのを、涼子はすかさず指で塗り広げた。

「うおっ……」

痺れるような快感が走り、足と腰がカクッと震えた。

涼子は口元に微かな笑みを浮かべ、ゆっくりしごきながら、もう片方の手で亀頭を撫で回した。

ついにその気になったのか、あるいは油断させておいて、逃げるタイミングを見計らっている可能性もある。だが、乱れた服装でいきなり逃げ出すわけにはいかないだろう。

あれこれ考えている間に、先走り液がさらに溢れ、亀頭はヌルヌルにされた。彼女の指にもベットリ付着している。

すると、涼子はサオから移動して、亀頭を握り込んだ。しごくのではなく、握ったまま五本の指全部を揉みほぐすように動かした。ソフトなタッチが、敏感な亀頭にはちょうどいい。

もう片方の手も遊ばせておかず、サオを指で挟んでリズミカルにしごきだした。亀頭を揉み、サオをしごくという、別々の動きを巧みにこなしている。これが憧れていた水彩画の美人講師かと思うと、淫らなギャップに驚き、興奮させられる。

だが、あまりにも巧みなので、このままだと射精してしまいそうだ。早く最後までやったほうがいい。

「ああ、もう我慢できない……先生、エッチしていいでしょ？」

そこまで考えていなかったとしても、涼子はその気になるだろうと思った。

「本気で言ってるの？」

「もちろんです」

「ダメよ。そんなこと、許すわけないでしょ」

色っぽい目つきで睨むが、彼女は手を止めようとはしない。それどころか、いっそう積極的になった。親指と人差し指で輪の形を作り、亀頭とサオの境目をしごくのだ。

男のウイークポイントを集中的に刺激して、さらには玉袋にも手を伸ばした。睾丸の重さを確かめるように手にのせて、やんわり握って揉みほぐした。

直接的にはカリ首の摩擦のほうが気持ちいいが、同時に玉袋を弄ばれると、快感が増幅される。マスターベーションで触ったことはないので、玉袋を刺激されて、これほど気持ちいいとは思わなかった。

「そ、そんなことされると……」

「気持ちいいの？」

「はい……でも、ヤバいかも」

「だったら、早く終わりにしてちょうだい」

どうやらセックスはさせたくないので、さっさと射精させてしまおうという考えらしい。こうなるともう、抵抗する術《すべ》はなかった。あとから漏れ出た先走り液でヌメリが増し、いよいよ切羽詰まってきた。

涼子は玉袋の皺を指先でなぞり、さらに会陰へと這い進んだ。何だか尻の穴がむずむずして、妙な感覚に襲われる。それがカリ首への刺激と連動して、たまらなく気持ちいいのだ。

「そ、そこはダメです……ヤバいです」

雅弘が訴えても、会陰責めをやめなかった。もちろん、カリ首にかぶせた手も妖しく動きつづけている。

それがダイナミックな動きになり、亀頭のエラからサオの根元のほうまでスライドしながらしごき立てた。

「硬すぎて怖いくらいね」

感心したように言いながら、容赦なく責めつづける。

玉袋や会陰の筋を触りまくったあとで、もう一度、亀頭とサオの同時責めに戻った。先端部分は手のひらでこね回し、指先でエラを摩擦したりもする。サオも皮が伸びるほどしごくが、けっして単調ではなく、強弱や緩急をつけるのが素晴らしい。

「先生……おおっ……」

射精間近だとわかり、涼子はスピードを上げて激しくしごき立てた。ペニスは鉄の棒のように硬くなり、サオに血管が浮かび上がっている。亀頭は膨らみすぎて破裂しそうだ。雅弘はとうとう限界に達した。

「出ます！」

頭の中で白い閃光が弾け、腰に震えが走った。涼子は暴発直前に亀頭から手を離し、噴き出したザーメンを手のひらで受けとめた。床に撒き散らさないように配慮したようだが、一部は手から外れ、彼女の顔まで飛んだ。量は少ないが、あごに白濁液がついてしまった。

射精が終わると、雅弘はちょっと後ろによろめいた。最高の手しごきで精を解き放ち、下半身の力が抜けたのだ。

涼子は精液が顔や手についたことを嫌がっている様子ではなく、匂いを嗅いだり、ぬめりを確かめたりした。それからハンカチを取り出し、あごに付着したものをふき、汚れた手を拭った。

「これで気がすんだでしょ」

やはり、射精させてしまえば、雅弘の暴走を終わらせることができると考えていたようだ。

雅弘としては、確かに大満足の射精だったが、これで欲望が完全に満たされたわけではない。むしろ、さらなる欲望をかき立てられるようだった。

6

射精してもまだ、ペニスは硬く勃起したままだ。

マスターベーションでも、二回連続して発射するくらいは珍しいことではないが、涼子にとっては驚きなのかもしれない。ボタンが外れたブラウスの胸に手を当て、茫然とペニスを見つめている。息を呑むような顔つきだった。

雅弘は本能に身を任せ、涼子の体を押し倒し、覆いかぶさった。彼女がバランスを崩したすきを狙って、太ももの間に腰を割り込ませる。

「富田君……」

「先生に手でしてもらって、とても気持ちよかったです。今度は僕がそのお礼をする番です」

「お礼なんていらない……遠慮させてもらうわ」

何を言われても耳を貸さず、秘裂に指を押し当てた。すると、指がスムーズに入ってしまった。

「先生のオマ×コ、濡れたままじゃないですか！」

卑猥な言葉を浴びせるたびに、体じゅうがゾクゾクする。涼子は頬を赤くして顔を背けた。

「むしろ、前より濡れてますよ。僕のものを握りながら、エッチな汁を漏らしていたんですね」

その可能性は高かった。濡れ具合が増しているのは明らかで、愛液は染み出したばかりの新鮮なもののようだった。内部も淫靡な火照りが充満している。ペニスをいじりながら、秘穴に挿入される感覚を想像していたに違いない。

「これはペニスを入れてほしいってことですよね」

涼子は顔を背けたまま否定はせず、彼を押しのけようともしなかった。そこで、腰を突き出し、指のかわりに、張り詰めた亀頭をワレメにあてがった。

「あふっ……」

だが、ヴァギナの入り口をうまくとらえることができない。涼子とセックスをするという夢のような出来事を前にして、気持ちが先走りすぎたかもしれない。

落ち着こうと肝に銘じていると、涼子の腰がほんの少し動いた。おかげでちょうどいい角度になり、亀頭の先端が蜜穴にはまり込んだ。

協力してくれたとは思えないが、ワレメの内側を摩擦されて、体が本能的に反応したのかもしれない。体重をかけると、亀頭がめり込んでいく。

「くひいっ!」

涼子は体を反らせて声をあげた。愛液が溢れて内部は滑りやすいが、よく締まっているので、少しずつペニスが埋没していく感じだった。

ゆっくり押し込むと、サオの根元まで埋まり、奥に突き当たって合体は完了した。

「奥まで入りました」

「あはあっ、私は結婚しているのに……」

涼子の口から悩ましげなうめきが漏れた。やや強引ではあったが、温かな秘肉にぴったり包まれ、涼子と一つになった感動がひしひしとこみ上げる。

「オマ×コ、ヒクヒクしています」

内部で肉ヒダが蠢いているのがわかった。秘肉がカリ首に絡みつき、ほどよく締めつけている。油断していると、このままじっとしていても射精してしまいそうなくらい気持ちいい。

試しにちょっと腰を動かしてみると、心地よい電流が走り抜けた。亀頭からサオの付け根まで、ヌメッた秘肉がぴったり密着して、えもいわれぬ摩擦感を生むのだ。先端が奥に突き当たるのも気持ちよくて、雅弘はその感覚を楽しみながら、腰を動かしつづけた。

「ううっ、うああっ……」

涼子ははしたない声を抑えることができず、なまめかしく表情を歪ませるのも色っぽかった。

一回りも年下の大学生とのセックスを楽しんでいるわけではないだろうが、ヴァギナそのものはたくましいペニスを素直に受け入れている。出し入れするのに応えるように、膣穴内部が震え蠢き、収縮と弛緩を繰り返すのだ。それが気持ちよくて、雅弘はしだいに力強く突き込むようになった。

「くううっ、何て硬いの……ダメよ、許して……ああんっ」

涼子は眉間に皺を寄せて首を振るが、鼻にかかった声はとろけるように甘い。

「先生こそ、オマ×コをいやらしく締めるのはやめてください」

「はふうっ、そ、そんなこと……していないわ……」

それは本当なのだろう。自分で膣の動きをコントロールしているわけではなく、無意識のうちに秘肉が打ち震え、ペニスに淫靡なマッサージを施しているようだ。

あまりに気持ちよすぎて、雅弘も自分を制御できなくなってきた。出し入れのスピードは速まり、いっそう力強く奥を突く。

彼女がいったん直したブラジャーのカップを再びめくり、まろび出たバストを鷲掴みにした。愛撫している余裕はなく、夢中で揉みまくるだけだが、それがさらに気分を盛り上げる。

「ああっ、ああっ、あううっ……」

涼子の悶えも激しさを増し、のけ反ったり首を振ったり、激しい動きを繰り返している。

結合部に目を向けると、新たな愛液が溢れ出していた。粘り気が増し、中で泡立っているような感じで、サオにもベットリ絡みついている。

涼子の腰も揺さぶるような動きを示していた。見るからに卑猥な腰つきだが、自分からやっているわけではなく、突き込みの衝撃でそうなるのだろう。

おかげで腰振りが雅弘のピストンのリズムとぴったり合っており、摩擦の快感が増幅される。

「先生も腰を振ってくれてる……」

「はああっ、そんな、ダメ……」

恥ずかしそうに首を振るが、腰の動きは止まらない。秘肉の蠢きも間断なく続いている。

手しごきで射精しているので、少しは長持ちしているが、これほど気持ちいい交わりは体験したことがなく、どこまで我慢できるかわからない。

それよりも素晴らしい快感をとことん堪能したくて、ピストンのスピードをさらに上げた。膣穴で蜜液がかき回され、結合部からグチュグチュという音が聞こえてきた。

「聞こえますか？　エッチな音がしてます」

「ああんっ、いやぁ……」

バストを揉むのをやめ、両手をついて上半身をしっかり支えると、ピストン運動に専念して激しく突き込んだ。

Gカップのバストが大きく波を打ち、尖った乳首も揺れ動いている。巨乳の躍動的な揺れ具合も、淫らな表情や悩ましいよがり声も、すべてが興奮をかき立てる材料になっている。

中で秘肉がねじれるような感じになり、締めつけが急に強まった。快感が急上昇して、瞬く間に限界が迫ってきた。

すると突然、涼子が腰を振り乱した。

「ひはあっ、もうダメ！」

さっきのアクメよりもずっと激しい乱れ方だった。その勢いで結合が外れてしまい、同時に射精が始まった。

雅弘はサオを摑んで再び挿入を試みたが、精液がなおも漏れるので、切り替えて亀頭をワレメにこすりつけると、快感はさらに続いた。

「あくううっ！」

ペニスは抜けたが、涼子は雅弘にしがみつき、背中をのけ反らせて昇り詰めた。結合が解けてもアクメは続いているようだった。

雅弘も彼女の絶頂を感じ取りながら、立てつづけに射精した。最初に発射したものは下腹部に飛び、あとから噴き出した精液で、陰毛も秘裂もベットリになった。

彼女から離れて立ち上がると、雅弘は何をすればいいかわからず、卑猥なその姿に見とれているだけだった。

涼子はしばらくの間動かなかったが、やがて、起き上がり、ハンカチで精液をふき取りはじめた。

「あなたはもう行きなさい」

促されて我に返った雅弘は、ズボンをはくと、急いで控室から退散したのだった。

第三章　マングリ返しの強烈絶頂

1

　ただ憧れているだけだった涼子と、ついにセックスをした。その歓びは、じわじわと胸に広がった。おかげで教室の片づけを終えるのに時間がかかってしまい、注意されてしまった。

　だが、経験の浅い雅弘にとって、既婚の熟女を感じさせることができたのは、自信につながりそうだった。

　それ以来、頭の中は彼女のことでいっぱいだ。家で両親といっしょにいるときでさえ、あられもなく乱れた涼子の姿が蘇り、ひそかに昂りを覚えてしまう。

アルバイトに行けばなおさらで、五階の講師控室の前を通るたびに、濡れた秘部やヴァギナの締まり具合、色っぽい喘ぎ声を思い出し、股間が強ばるのだった。

もちろん、一度関係を持ったからといって、涼子を独占できるとは考えていない。自分はまだ大学生であり、彼女は結婚して夫がいる身だから、独り占めなどできるはずもない。

だが、彼女がその気なら、人妻の浮気相手でかまわないと思っている。夫とは円満な関係が続き、束の間の快楽を共有するだけだとしても、雅弘としてはそれで十分満足だった。

どちらにせよ、彼が一番に考えているのは、また涼子とセックスをすることだった。ややこしいことは抜きにして、セックスをするだけなら、それほど難しいことではないように思われた。

なぜならあのとき、涼子は嫌々ではなく積極的にペニスをしごいてくれた。狙いはさっさと射精させることだったとしても、人妻のテクニックを発揮して、気持ちよくしてくれたのは事実だ。

それに、あれだけ秘貝を濡らしてアクメに達したし、挿入が強引だったとはいえ、腰を振り乱すほど感じていたのも間違いない。

（もしかして、ダンナさんとするときより、気持ちよかったんじゃないか）

そんなことが頭の中を支配するようになり、とにかく早くセックスしたいと、気があせってばかりの毎日だった。

翌週、アルバイトに向かっていた雅弘は、カルチャースクールのビルから出てきた涼子とばったり会った。今日は彼女の教室がある日ではないが、何か用事があって来ていたようだ。

「先生！」

雅弘が笑顔で声をかけると、涼子はちょっと眉をひそめた。結婚している身だから、周囲の人の目が気になるのかもしれないが、近くには誰もいなかったので、雅弘は遠慮なく話をするつもりでいた。

だが、涼子の表情は厳しいままだった。

「この間のことは、全部忘れなさい。そうすれば、私も事を荒立てたりはしないでおくから」

「そんな……どうしてそんなことを言うんですか。先生だってあのとき……」

「ダメよ。それ以上は言わないで」

自分だけでなく、先生も気持ちよくなってくれたのではないかと言いたかったが、ピシャリと止められた。

「勘違いしないでね、あなたの乱暴なふるまいを許したわけではないから。これ以上、私を悩ませないでちょうだい。さもないと、あなたに辱めを受けたと訴えることになるわよ」

それだけ言うと、涼子はハイヒールの靴音を響かせて立ち去った。雅弘は茫然と後ろ姿を見送った。

あのとき、涼子は明らかに感じていたし、愛液を溢れさせ、あられもなく乱れた。一度はアクメに達したはずだ。にもかかわらず、こんなに冷たく拒まれるのはどうしてなのか。理由がまったくわからず、混乱するばかりだった。

翌日は水彩画教室がある日で、事務室の前で涼子と顔を合わせたが、挨拶の声をかけても、彼女はエレベータホールに向かって歩きながら、軽く会釈しただけだった。表情は冷ややかで、目も合わせてくれない。まったく相手されていないことを思い知った。

まだ四階の教室の片づけが残っていたが、いっしょにエレベータに乗るのは気まずいので、雅弘は階段を使った。

後片づけをしながら、もう涼子とセックスはできないのかと思い、気持ちは沈んだ。

素晴らしい快感と感動を味わえただけに、拒まれる理由もわからないのはつらかった。

だからといって、理由を尋ねたりすれば、さらなる怒りを買いそうで怖い。何度ため息をついても、なす術《すべ》はなかった。

片づけを終えた雅弘は、エレベータの前でいっそう大きなため息をついた。

「どうしたの、ため息なんかついちゃって」

ポンと肩を叩かれて振り返ると、川野留美がにこにこ笑っていた。

「雅弘君がため息なんて、似合わないわよ。それともあれかしら。恋の悩みでもあるのかな？」

興味津々といった目で覗き込むが、さぐりを入れているのか、冗談で言っただけか、よくわからない。雅弘はヤブヘビにならないよう、答えないことにした。

「お疲れ様でした。今日はもう終わりですよね」

だが、本気でさぐりを入れるつもりなのか、黙ってじっと見つめるので、心を見透かされている気がして、どぎまぎしてしまった。

「やっぱりそうなのね」

彼女はまた笑顔になった。エレベータのドアが開くと先に乗り、雅弘が乗るのを待って、三階と一階のボタンを押した。

「今日、バイトが終わったら、飲みにいきましょうよ。恋の悩みだったら、おねえさんが相談に乗ってあげるわ」

「二人で飲みに、ですか？」

「そうよ。私はどこかで時間をつぶしてるから、終わったら連絡してね」

雅弘の都合も聞かず勝手に決めてしまう。三階に着いてドアが開くと、小さく手を振って降りるように促した。職員がエレベータを待っていたので、ぐずぐずしていないで降りるしかなかった。

だが、考えてみれば、彼女が言ったように、飲みながら相談してみるのもいいかもしれない。もちろん涼子の名前は出せないが、同じ年上の女性として、何かアドバイスしてもらえそうな気がするのだ。今の状況を少しでも変えられる方法が見つかることを期待して、雅弘は彼女と飲みにいくことにした。

2

仕事が終わって留美にメールすると、居酒屋の場所を教えられた。先に一人で入って、飲みはじめているらしい。

雅弘が来ることを確信していたのか、あるいは来なかったとしても、一人で平気で飲めるくらい酒が好きなのだろうか。

喫茶店のアルバイト時代、マスターと常連客といっしょに飲んだことがあり、そこに留美もいた。楽しそうに飲んでいたのは覚えているが、大の酒好きというほどの印象は、そのときはなかった。

向かった居酒屋は、カルチャースクールからは駅を挟んで反対側だった。店に入ると、留美が彼を見つけて手を上げた。入り口からわりと近い、壁を背にしたテーブル席だった。料理が二品と空のジョッキが乗っていて、彼女の色白の頰は、すでにほんのり桜色に染まっている。

「留美さんて、けっこうお酒好きだったんですね」

向かい合わせに座ろうとすると、手招きされた。

「そんなとこじゃなくて、こっちに座って。こみ入った話でも、隣なら気兼ねなくできるでしょ」

言われるまま横に並んで座ると、甘い香りが鼻をくすぐった。カルチャースクールでは感じなかったので、あのあとでコロンを使ったようだ。

店は特別お洒落なところではなく、ごく普通の居酒屋だが、それほど騒がしくなくて、居心地がよさそうだった。ここの勘定は私が持つからと言われ、生ビールを頼んで料理を選ぶ。留美もジョッキでおかわりをした。

「二人で飲むのは初めてね」

「そうですね。ちょっと緊張しますね」

「何言ってるの、しょっちゅう顔を合わせてる仲なんだから、これが初めてっていうのが不思議なくらいでしょ」

ほんのり染まった頬で流し目になると、ドキッとするほど色っぽい。涼子に負けず劣らず美人なので、妙にそわそわしてしまった。

すぐに生ビールが来て、乾杯した。バイト終わりのビールは染みるほど旨く、グイグイ入っていく。留美もおいしそうに喉を鳴らした。

「それで、どういうことなの？ いったい何で悩んでいるのか、遠慮せずに話してごらんなさい」

料理の注文をすませると、早速切り出された。雅弘はいったん深呼吸してから話しはじめる。

「ある年上の女の人がいまして……」

憧れていたその女性と性的な関係を結んだが、それから急に拒まれるようになり、理由がわからなくて戸惑っていることを告白した。

「どういう状況でそういう関係になったのか、もっと詳しく教えて」

「それはちょっと……」

下手に具体的なことを話すとばれてしまうと思い、口ごもった。だが、そこを教えてくれないと、相手の気持ちを推し量るのは難しいと言われたので、慎重に考えながら経緯を説明した。

着替えを偶然見てしまい咎められたことや、好きだと告白したことは話したが、盗撮の件はもちろん隠した。相手が人妻というのも伏せて、歳が離れているからつり合わないと言われたことにしておいた。

そして、多少強引だったことは認め、だが相手も気持ちよくなってくれたはずだと強調した。

留美は真剣な表情で聞いていたが、ひととおり話し終えると、少し眉をひそめて難しそうな顔をした。

「だいたいのところはわかったけど、肝心なところが説明不足ね。折り重なるように倒れて、それで雅弘君は何をしたの？　順を追って具体的に話してくれないかしら」

「そんなことまで？」

「もちろんよ。その人がどうして拒むようになったのか、原因はきっとそこにあるはずだから」

真顔で言われると、そんな気がしてくる。涼子が頑なに拒むほど受け入れがたいことをしてしまったとすれば、自分では気づかなくても、留美ならわかるかもしれない。

雅弘はもう一度あの場面を思い浮かべ、話して聞かせた。今度は留美も黙って聞いているのではなく、具体的なことを確認したり、尋ねたりする。おかげで細かいところまで掘り起こすことになり、記憶はより鮮明になった。

「その人の手を掴んだままで、どうやってアソコに触ったの？」

「こんな感じで……」

雅弘は周りの客から見えないようにテーブルで手元を隠し、親指でワレメを開く仕草をした。

留美に手ぶりでやって見せるのは恥ずかしかった。だが、涼子の秘部を思い浮かべる一方で、留美のアソコはどうなのだろうと想像する自分がいて、妙に昂りを覚えてしまう。

目の前には、パンストに包まれた太ももがむき出しで、薄くて柔らかそうな花柄のスカートは、太ももと股間の三角地帯を浮き彫りにしている。涼子のことを話しながら、留美のボディにも関心が向きはじめた。

「なるほど。それで、その人はどの程度濡れていたのかしら」

きわどいことを平気で口にするので、ドキッとしたが、涼子の秘部の様子を思い浮かべながら答えた。

「けっこう、濡れてました」

「どの程度だった？」

留美は真剣に考えてくれているのだろうが、見方を変えれば、酒を飲みながら人妻に下ネタで追及を受けているようなものだった。

しかも、隣のテーブルの客に聞かれないよう、お互いが顔を近づけてしゃべるので、妖しいムードが高まってくる。

「こうやって開いたら、溢れた汁が、肛門まで垂れていって……」

もう一度、ワレメを開く仕草をすると、そのときの興奮や感動が蘇り、股間がムズムズ反応した。一瞬、留美のアソコはどんなだろうという思いが、またも脳裏をよぎったが、涼子の鮮烈な記憶にかき消された。

「床まで垂れないように、すぐに指で押さえたんです。そしたらヌルッとしてて、糸を引いて……」

涼子が感じてくれていたことを強調したくて、雅弘の口はなめらかに、説明はより詳しいものになった。涼子が両手で顔を覆ったので、自由に手を使えたことを話すと、留美は相手の反応を知りたがった。

「雅弘君にアソコを見られて、その人はどうなふうだった？」

「すごく恥ずかしそうだったけど……でも、興奮していたのは間違いないです」

「どうしてそう思うの？」

「見ているうちに、どんどん濡れてきたから」

涼子が大量に蜜汁を溢れさせたことだけを話し、いやらしい言葉で責めたことは伏せておいたが、もしかしたらそれが拒まれる原因になったのか、という気もするのだった。

尋ねられるまま、秘貝をいじったり舐めたりしたことを具体的に話していると、そのうちにクンニが初体験だったことを留美に見破られてしまった。もっとも、あまりセックス経験がないことは、早いうちから気づかれていたようだ。

「それでどうだったの。初めてアソコを舐めてみて、興奮した？」

「はい。興奮しちゃいました」

「そうでしょうね」

素直に頷くと、留美はニンマリして雅弘の股間に目を落とした。見られているだけなのに、撫でられる感じがして、ペニスが硬くなる。腰をモゾモゾさせると、彼女は妖艶なまなざしで見つめた。

「話を聞いているうちに、私も何だか変な気持ちになってきたわ」

思わせぶりな言い方をされてドキドキする。酒のせいではなく頰が火照ってしまい、何と言って返せばいいかわからなくて焦った。

「冗談よ。本気にしないで」

留美は愉快そうに笑った。本当に冗談だったのだろうか、と思い、返答しだいで違う状況になった可能性を考えたが、本気にしないでと言われたあとでは、いずれにしても遅かった。

「とにかく、今の話だけでは、どうしてその人が拒むようになったのか、よくわからないわね。少し時間をおいて、あらためてアプローチしてみたらどうかな？」

何かアドバイスをもらえたら、という当初の期待は、どうやら外れたようだ。結局のところ留美は、悩みの相談に乗ると言いながら、体験談を聞きたかっただけではないかと思われた。

しかし、酒を飲みながらセックスの話をしたことで、留美との距離が縮まっているのを感じた。かつては喫茶店の学生アルバイトと常連客だったが、今はカルチャースクールのアルバイトと受講生というより、もっとプライベートな知り合いに近い感覚になった。

大学の友人たちに、こんな年上の人妻と親しくしているやつはいないだろう。そう思うと、何となく優越感を覚えるのだった。

3

それから留美は、カルチャースクールの講座や職員のことに話題を変え、さらに飲みつづけた。

遅くまで外で酒を飲んでいて大丈夫なのか、気になって尋ねると、今週は夫が出張でいないからかまわないと言われたので、気兼ねなくつき合った。

留美がそろそろ帰りましょうかと言ったのは、十一時になろうかという頃だった。

雅弘は彼女を家まで送ってから帰ろうと思った。明日はバイトが休みなので、帰宅が遅くなってもかまわない。

「こんなにご馳走になっちゃって、いいんですか」

「いいのよ。こっちが誘ったんだから。あっ！」

立ち上がろうとした留美がよろけたので、とっさに腕を摑んで支えた。

「大丈夫ですか？」

「ありがとう。どうしたのかしら。そんなに飲んだつもりはないんだけど、おかしいわね」

陽気に笑う留美だが、ふらつく足元はかなり怪しい。雅弘はレジまで連れていき、彼女が支払いをすませるまで、ずっと支えていた。

客や店員に、年上の女を酔わせてお持ち帰りするつもりかと思われそうで、気にはなったが、それよりも留美の肉の感触に心が騒いだ。支え持った二の腕の柔らかさや、ふらついて太ももに触れるヒップの弾力がなまめかしい。

エロチックな話をしていたときの股間のムズムズが蘇り、再び硬くなりはじめた。鼻をくすぐる甘い香りも、セクシーな刺激になっており、一瞬、本当にお持ち帰りできたらいいのに、と考えてしまった。

涼子との関係が行き詰った状態で、精神的にも肉体的にもモヤモヤしているせいだろう。だが、涼子に拒まれているにもかかわらず、留美とそんなことになっては申し訳ない、という気持ちも心のどこかにあるのだった。

「歩けますか」

「大丈夫。ちゃんと歩けるわ」

そうは言っても、留美はふらついたままで、店を出てからも支えてやらなければならなかった。

最初は彼女の腕を摑んでいたが、いまひとつ不安定なので、肩を抱いて支えた。周りの人には仲のいい恋人同士のように見えるかもしれず、くすぐったい気分になる。

すると、留美は両手を彼の腰に回して、しなだれかかってきた。傾く体を支えようとすると、肋骨の脇のあたりにバストが押し当たり、なまめかしいボリューム感に頭がクラッとした。

「これじゃあ、ただの酔っ払いみたい。ごめんなさいね」

「いいです、気にしないでください。僕はかまいませんから」

かまわないどころか、もっと押しつけてくれてもいいと思った。一歩踏み出すたびに、あばらに当たった柔らかい肉がグニュッとよじれる。手触りまで想像できるので、いっそのこと鷲摑みにして揉み回したいくらいだ。

「家はこっちでいいんですね」

「いいんですよ、こっちで……たぶん」

「たぶん？」

駅のタクシー乗り場とは逆方向だった。歩いて帰れる距離なのだろうが、どうも心もとない。

そのうちに留美の足がもつれるようなった。しっかり抱きかかえて歩かないと、道端にしゃがみ込んでしまいそうだが、おかげで彼女の肉づきがよくわかり、着痩せするタイプだということが判明した。

「ああ、もうダメ、歩けないわ。ここで休ませて」

留美の足が止まったのは、ホテルの前だった。シティホテルとビジネスホテルの中間という感じだ。

「ここに入るんですか？」

「ちょっとだけ休んだら、一人で帰れるから、雅弘君は泊まっていけばいいわ」

一人で帰れるかどうかはともかく、とりあえず休ませるしかなさそうだった。

フロントのソファに留美を座らせ、雅弘がチェックインの手続きをする。これでは本当にお持ち帰りしたみたいだと思った。

エレベータに乗ったのは二人だけだったので、どさくさに紛れて留美のヒップにタッチしたくなった。これだけ酔っていれば、触られたことさえ気づかないかもしれないと思ったのだが、ふと涼子の顔が頭に浮かび、手が止まった。

部屋はツインで、よけいな装飾は施されていなかった。留美は自分でパンプスを脱ぐと、手前のベッドにハンドバッグを放り、倒れ込んだ。

「そのままじゃダメですよ」

ベッドカバーをめくってやると、留美は目を閉じたまま体をよじり、真新しいシーツの上で仰向けになり、手足を伸ばした。

「川野さん？」

すぐに寝息を立てはじめ、呼びかけても返事がない。少し寝て起きれば酔いも醒めるだろうから、雅弘はその間にシャワーを浴び、とりあえず浴衣に着替えてリラックスしようと考えた。

バスルームは思っていたより広く、ゆったりしていた。歯ブラシやヒゲソリの類も、ビジネスホテルのような安っぽいものではない。

先に歯を磨いて口の中をさっぱりさせ、浴衣を取りに戻った。ベッドを見ると、留美は仰向けのまま、左足だけ少し開いて『く』の字に曲げていた。

花柄のスカートの裾から、何かがはみ出している。よく見ると、ガーターベルトでストッキングを留めているのだった。グラビアやＡＶで見たことはあるが、実物を目にするのは初めてだ。

しかも、知り合いの人妻が着けているのを見て、胸がざわついた。涼子も太ももまでのストッキングをはいていたが、ガーターベルトはそれ以上にセクシーだった。

居酒屋で飲んでいるときから、留美のボディは気になっていたが、こんな光景を目の当たりにすると、ますます惹かれてしまう。

「川野さん？」

もう一度、声をかけてみたが、留美は目を覚まさなかった。長い髪がベッドの上に広がり、唇がほんの少し開いて吐息が漏れている。

じっと見ているうちに、目を閉じてキスをせがまれているような気がして、なぜかそわそわしてしまい、目を逸らした。

襟のないブラウスの胸は、規則的に波を打っている。ゆっくり上下するバストを見ていると、「触って」と言われているようで、ますます妖しい気分になる。涼子ほどではないが、重力に負けずにしっかり盛り上がっており、つい触り心地を想像してしまった。

雅弘はスカートの裾に、恐るおそる手を伸ばした。震える手でつまみ、そっと持ち上げると、ストッキングが途絶えた先に、太ももの生肌と淡いパープルのショーツが見えた。

無防備ななまめかしさに、雅弘はごくりと唾を呑み込んだ。泥酔した女にイタズラするなんて卑劣な行為と思われたが、ムラムラと突き上げるような欲求は抑えられそうにない。

すると、またも涼子の顔が頭に浮かんだ。だが、その表情は厳しく、『この間のことは全部忘れなさい』と言ったときの冷たさが表れていた。

だったら今だけ忘れてしまおうと思い、雅弘は静かにベッドに上がった。

4

留美はぐっすり寝入ってしまったようなので、ちょっと触るくらいなら大丈夫だろう。そう思って、肩に触れてみた。

「ホントに寝ちゃったんですか？　川野さん？」

相変わらず気持ちよさそうに寝息を立てているのを確認すると、雅弘はバストに目を向けた。横たわっても美しいラインをキープして盛り上がっている。その山肌に手のひらをそっと置いた。

それだけでは、ブラウス越しにブラジャーのカップの手触りしかないが、ほんの少し押してみると、柔らかな肉の弾力を感じた。

留美の寝顔を注視しながら、ごくごくやんわりと揉んでみる。左右を交互に触ってみて、ボリューム感はEカップくらいだろうと思った。

ふと涼子のバストを鷲摑みにした感覚が蘇り、ガッツリ揉みしだきたい衝動にかられた。それを懸命に抑えながら、バストの表面を撫で回す。力は加えていないが、カップを通して乳房の柔らかさを感じた。

もっと強く揉みたくてもできないジレンマが、どんどん大きくなる。とうとう我慢できなくなり、雅弘は手を離した。

「苦しくないですか。ボタンを外しますよ」

仕方がないので思いきり触るのは諦め、乳房を生で見てみようと考えた。留美が目を覚まさないように、わざわざ小さな声で言ったのは、自分の行動を正当化したいだけだった。

ブラウスのボタンを一つ、二つと外したが、目覚める気配はない。だが、心臓はバクバク音を立てている。

ブラジャーは淡いパープルで、ショーツとペアらしい。ボタンを四つ外すと、前がすっかり開いてカップが両方とも露になった。だが、仰向けなので、背中のホックを外すのは難しい。ストラップを肩から外して下にずらし、右も左もカップをめくった。

色白のバストを目にしたとたん、雅弘は息を呑んだ。乳輪は涼子より少し大きいが、色合いは薄かった。右側の乳首はやや陥没気味になっている。

鼓動が速まり、鼻息はみるみる荒くなった。泥酔した女にイタズラしているという意識が急に強くなったが、もっとやっても平気かもしれないという気もした。

恐るおそる乳首にタッチしてみた。左側はほどよく飛び出しており、軽くつついても大丈夫だったので、そっとこねてみた。

「ううっ……」

うめき声が漏れ、ドキッとして手を離した。だが、目を覚ましそうな気配はなく、眠ったままだった。

ホッと息をついて、もう一度つまみ、優しくこねてみる。しだいにこりこりしてきて、なおも続けると、さらに硬くとがりだした。

指先で乳頭を刺激しながら、乳房全体を揉んでみる。柔らかい感触だが、適度な張りがあった。中身が詰まったような、ボリューム満点の涼子にはおよばないが、揉み応えは十分だった。

陥没気味だった右の乳首を見ると、どうもさっきより飛び出しているようだ。揉んでいるのは左なのに、右にも影響が出ているのは面白かった。左を揉みながら、同時に右の乳首をいじると、ほとんど変わらないくらいの突起になった。

乳首をいじりながら揉み回しているうちに、どうやら留美はすっかり寝入ってしまったようだ。この分なら、もっと大胆なイタズラをしても平気だと、確信めいたものを感じた。

雅弘はさらに気持ちが大きくなり、ズボンのファスナーをおろし、勃起した肉棒を取り出した。

酔って寝込んでしまったからといって、セックスまでやろうとは思わないし、そもそも適度に濡れなければ挿入自体、無理だろう。

だが、眠っているすきにペニスでイタズラするのは面白そうなので、サオを摑み、留美に被さるようにして、片手をついて体を支えた。留美がもし目を覚ましたらと思うと、異常なスリルを覚え、ペニスは力強く反り返った。

先端をむき出しになった乳房に押し当て、亀頭で柔らかさを感じ取る。ちょっと押してみると、手で触る以上に弾力を感じるのが不思議だった。

もっと強めに押すとバストが波打ち、それがもう片方にも伝わって、両方の乳房が不規則に揺れ動いた。色白の乳房と赤黒いペニスのコントラストも興奮をあおった。

乳首にも亀頭をこすりつける。尿道口からは先走り液が漏れており、それが乳首に付着すると、ヌルッと滑ってますます気持ちよかった。

このまま射精してしまいたいくらいだが、そうもいかないので、代わりにもっと大胆なことを考えた。留美の顔にペニスを近づけたのだ。

頬から耳に向かって亀頭をこすりつけると、先走り液が付着して、カタツムリが這った跡のようになった。

唇にも亀頭を押し当ててみる。ちょっと押すと、うっすら開いて白い歯が覗いた。ビジュアル的には、無理やり口に突っ込もうとしているように見えて、体がゾクゾク痺れた。

感覚的にも、柔らかな唇のすき間で硬い歯に当たっており、閉じている口をこじ開けるような強引さを仮想させる。現実には無理だとしても、先走り液で濡れた人妻の唇というのは、見るからに刺激的でエロチックだった。

「くうっ……」

不意に留美の口から吐息が漏れ、頭が動いた。わずかな動きだったが、亀頭から顔を背けたように見え、目を覚ましたかと思ってギクッとした。

だが、留美はちょっと動いただけで、相変わらず寝息を立てている。

ふと下半身に目をやると、両足はさらに開いてスカートがめくれ、ガーターベルトはむき出し、ショーツも露になっていた。それを見て、薄い布地の下に隠れている、留美の秘密の部分を見たいという欲求が急激に高まった。

居酒屋で涼子のワレメを開く仕草で説明したとき、一瞬だけ留美の秘部を想像しかけたが、今は執着に近いくらい、見たいという思いが強い。

ショーツまで脱がしたら、さすがに目を覚ます可能性は高いだろう。もはやこの状況で言い訳は利かないが、それほどリスキーなことをしているのだと、雅弘はあらためて思った。

だが、ここまでやっても目を覚まさないのだから、もう少しだけなら大丈夫かもしれない、という考えも捨てきれない。

雅弘は意を決して、彼女の足のほうへ移動した。開いた太ももの間から、人妻の股間を覗き込む。パープルのショーツの股布部分には、うっすらと染みのようなものが浮き上がっていた。

眠っているにもかかわらず、乳首を刺激したせいで、愛液が染み出したに違いない。

そう思ったとたん、雅弘の理性は吹き飛んでしまった。一刻も早く留美のアソコを見たいと気があせる。

スカートをさらにめくり、ショーツに手をかけて引っ張った。下腹部が露出して、恥丘のアンダーヘアが目に飛び込んできた。黒々と繁り、涼子よりもかなり毛深そうだ。もしかするとワレメのほうまで生えているかもしれない。

早く脱がせたいが、手荒なことをして目を覚まされたら大変なので、細心の注意を払いながら引き下ろしていく。

眠っている女のショーツをこっそり脱がせるなんて、やったことがないので簡単ではなかった。前はともかく、後ろが引っかかってしまうのだ。

ヒップを浮かせるしかないので、ショーツに指をかけたまま、尻の下に手を差し入れた。少し持ち上げれば何とかなるだろうと、慎重に力をこめる。

指が生尻に触れているのを意識しながら、浮かせたヒップから下着をはぎ取ろうとしたとき、留美のうめくような声が聞こえた。

「う、う〜ん……」

驚いて手が止まったが、慌てて尻の下から引き抜くのはかえってまずいと思い、そのままじっとしていた。

5

留美は眠そうに目をこすっていたが、顔を上げたので目が合った。雅弘の緊張はさらに高まり、息を詰めた。それから彼女は、スカートがめくられ、アンダーヘアが露出しているのを見たが、すぐには状況を理解できないようだった。

少し間があって、急に声をあげた。

「な、何をしてるの、雅弘君……何で脱がすの?」

慌ててショーツを引き上げようとするが、後ろ側は雅弘の手がかかっているため、前しか上げられない。かろうじて陰毛が隠れるかどうかで、留美はすぐに思い直し、スカートで下腹部を覆った。

雅弘は尻の下でショーツに引っかけた手を、離すまいとしていた。ここまでやってしまった以上、今さら引き下がるわけにはいかない。とことんやって、気持ちよくさせてしまうしかないだろう。涼子のときと同じだが、そのあとのことまで同じとは限らない。

「何をするの……やめて……」

ショーツを強引に脱がそうとすると、留美は上からスカートごと摑んで、下げられまいと懸命になった。

だが、雅弘も必死だ。ショーツの前は摑まれていても、後ろはヒップをむき出しにできる。

「やめて、雅弘君……脱がさないで」

「ダメです。もう我慢できません」

「イヤ、やめて……ひどいわ。乱暴しないで……下着が破れちゃう」

「ちょっとくらい破れたって、いいじゃないですか」

「いいわけないでしょ、こんなの……ああ、ダメ……」

留美は嫌がって足をばたつかせるが、ためらっていては逃げられそうなので、ショーツを脱がすより、まず彼女の両足を抱え上げ、腰も持ち上げた。雅弘自身は正座をするような体勢になり、ひざの上に彼女のヒップをのせる。

「イヤ……やめて、そんな……」

懸命に抗うのをよそに、ショーツをはぎ取る。ヒップを持ち上げたのが功を奏して、桃の皮でもむくように、意外とすんなり脱がせることができた。

「ああん、イヤァ……」

ショーツを足から抜き取ってしまうと、両手で留美の下半身を折りたたむようにして、腰をさらに高く浮かせた。

膝がバストにくっつくまで曲げると、秘貝がむき出しになった。ＡＶで何度も見た、いわゆるマングリ返しの恰好だ。

「あんっ、見ちゃダメよ……」

ワレメが湿っているのを確認できたが、留美はすぐに太ももの裏から手を伸ばして隠してしまう。それをどけようと、片手で彼女の手を摑んだとたん、折り曲げていた左足が解放され、横に倒れてマングリ返しのバランスが崩れた。

かまわず彼女の手を引きはがし、代わりに雅弘がワレメに手を当てた。じっくり観察するのは後回しにして、まずは速攻で感じさせてしまうほうがいい。すでに潤みかけているので、頑張れば何とかなりそうだ。

留美は彼の手をどけようと懸命だが、秘貝に密着させたままこすりまくっているので、どうすることもできない。

しだいにヌメリが増して、押し当てた手は滑りがよくなる。それにつれて、彼女の抗う力がみるみる弱まった。

「あっ……あんっ……」

クリトリスを狙ってこすりつづけると、留美の腰がくねりはじめた。それとともに、雅弘の手をどけようとする力もなくなった。

もうワレメに手を密着させておく必要もないので、指先でクリトリスをいらった。

「あうっ！」

腰がビクッと跳ねて、あとは下半身の力が抜けたようになった。

もう一度やってみると、同じように腰が動き、すぐ脱力状態に戻る。

抗う気持ちも力も弱まっているのがわかり、雅弘はほくそ笑んだ。留美も涼子に負けないくらい感じやすいボディの持ち主らしい。

あらためて留美の両足を持ち上げ、マングリ返しの体勢にすると、まじまじと秘貝に見入った。腰を高く浮かせたので、至近距離で観察することができる。

恥丘を覆う黒々とした茂みは、案の定、大陰唇の両脇まで伸びており、涼子よりもかなり濃かった。雅弘がたっぷりこすりまくったので、縮れた毛は蜜液で濡れ、べったり貼りついている。

ワレメの内側の粘膜は、涼子の桜色よりも赤みがかっている。クリトリスは包皮から半分以上、顔を出しており、いかにも大切なパーツらしく、真珠のように艶々と輝いていた。

「川野さんて、こんなに美人なのに、オマ×コの毛が濃くて、いやらしいんですね」

眠っている留美に悪戯するときはハラハラ、ドキドキだったが、もはや完全に開き直り、気持ちが大きくなって、卑猥な言葉もスラスラ出てくる。

それには涼子をあそこまで感じさせた自信が、大きく影響していた。たとえ今は拒まれていても、一回りも年上の人妻にアクメを味わわせたのは、紛れもない事実なのだ。

「お汁だって、もうこんなに溢れてる。どうしたんでしょうね、ちょっとこすっただけなのに……エッチな体だから、しょうがないのかな」

「ううっ……」

花びらのような小陰唇は、はみ出し具合が左右で異なり、それが妙に猥褻感をあおっている。

雅弘はワレメを指でさらに開き、濡れた粘膜を摩擦した。秘穴からとろみの強い蜜汁が新たに滲み出し、指をさらに滑らせる。それを小陰唇に塗りつけ、グニュグニュこね回した。

恥ずかしさが込み上げているのか、留美はひざの上で腰を震わせた。恥じらいの表情を浮かべるが、目つきや口元は非常に色っぽく、逆に誘惑されているような気分になるのだった。

「指が入っちゃいそうですね」

中指の先で蜜穴をいらうと、滑りがよすぎて簡単に入りそうだ。しかし、留美がそこまで感じているからこそ、すぐにでも挿入したいところを我慢した。

「ほら、入っちゃいそうですよ」

第一関節の半分まで入れ、ちょっとかき回しただけで引き抜いてしまう。

「……ああん」

留美は鼻にかかった甘い声を漏らし、腰を揺らした。早く入れてと、せがんでいるように見える。

「ホントに入りそうだな……」

ひとり言のようにつぶやきながら、同じように蜜穴の浅いところを思わせぶりに刺激して、また引っ込めた。

それを繰り返しているうちに、留美は腰を揺らすというより、くねらせるように悩ましい動きへと変わっていった。

「あっ、あんっ！」

声が高まるたびに、秘穴がきゅっと締まり、花びらのような小陰唇もひくついた。

雅弘はいやらしい動きに魅せられ、玩弄を続けたが、とうとう我慢できなくなり、中指を突き立てた。

「あうんっ！」

秘穴はやすやすと指を呑み込み、奥まで深く受け入れた。

溢れた蜜液のおかげで、出し入れはとてもスムーズだ。無数の肉ヒダが指に引っかかり、内壁が妖しく蠢いている。

「あんっ……あんっ……」

留美の喘ぎは、涼子に比べるとちょっと可愛い感じだが、セクシーで色っぽいことに変わりはない。声を聞いているだけでも興奮をあおられる。

もちろん、それだけではなく、マングリ返しは女体の観賞にも最適だった。秘貝の形がひしゃげるのはエロチックで、小陰唇が打ち震えながらめくれ返るのも、実に卑猥だ。指を出し入れさせるたびに、秘裂が陥没したり、中身が引きずり出されそうになるのだ。

「指一本だと、細くて物足りないんじゃないですか」

いったん指を引き抜くと、人差し指と中指を重ねて挿入する。二本指がとろけかけたヴァギナにめり込んでいく。

「あふんっ、ひどいわ……」

締める力が増して、途中で第二関節が引っかかったが、締めつけがきついといっても、人妻の膣穴はかなり柔軟だ。指を軽く回転させると、秘穴をよじりながら付け根まで入った。

「あんっ、あああっ……」

留美は甲高い声をあげて腰を震わせた。悲鳴のようにも聞こえるが、二本指をくわえ込んだヴァギナは、うれし涙のように愛液を溢れさせた。そのおかげで、締めつけはきついままでも、突き刺した指はスムーズに動く。

「ダメよ、あああんっ……」

「何がダメなんですか、こんなにグチョグチョになってるくせに」

湿った音が留美にもはっきり聞こえているはずだ。きつく締めつけているせいか、指を激しく動かすと、淫らな音はいっそう大きく響いた。

「ああん、いやぁ……」

濡れ音が恥ずかしさをあおったようで、留美は声をあげてイヤイヤをした。だが、嫌がっているわりに、ヴァギナは洪水状態だ。雅弘の指も付け根まで愛液まみれになってしまった。

6

二本指で責める雅弘は、彼女の反応に、別の意味でも気をよくしていた。マングリ返しにしたヒップがペニスに当たっており、留美の腰がくねったり跳ねたりするたびに、柔らかい肉でこすられるのだ。

責めつづけるうちに先走り液が漏れ出し、ぬめりでさらに気持ちよくなる。サオが硬いので、敏感な先端がよくこすれ、おかげで漏れ出す量が増え、ますます快感が高まるという好循環だ。

留美を気持ちよくさせることが、自身の快感にもつながるので、指使いはどんどん激しくなった。膣穴の内壁をかき出すようにすると、留美は腰や太ももをブルブル震わせ、声をあげてよがった。

「はああん、あああっ……いいっ……」

鼻にかかった声が、悩ましく部屋に響いた。

「そんなに大きな声でよがっていたら、廊下まで聞こえてしまいますよ」

「だって……勝手に声が出ちゃうんだもの……」

「ダメですよ、ここはラブホテルじゃないんですから」

わざと羞恥を煽るつもりで言ったが、このまま続けていると、本当にクレームが来るかもしれない。心配になりかけたとたん、妙案が思い浮かんだ。

「大きい声を出されると困りますからね……」

そう言って留美のヒップをベッドに下ろすと、片手でズボンとブリーフをすばやく脱いだ。逃げられる懸念もあったので、ヴァギナに指を入れたまま、責めつづける。

留美はすっかりめろめろになって、下半身に力が入らないらしい。マングリ返しから解放されても、逃げるどころか、悩ましげに腰をくねらせるばかりだ。

雅弘は急いで体の向きを変え、仰向けになっている留美の顔の上にまたがった。そして、いきり立ったペニスを彼女の唇にあてがう。

噛まれたらどうしようと、一瞬だけ躊躇したものの、昂りに押されて亀頭を唇に触れさせた。留美は顔を背けて拒んだが、噛みつく気概はないようなので、かまわずグイッと押しつける。

「うぐうっ……」

眠っていたときにやったのとは違う、ゾクゾク痺れるような興奮が全身を襲った。口にペニスを無理やり突っ込むという、荒っぽい行為が自分にできるとは思わなかった。涼子とセックスしたのに続き、またひとつ成長しつつあることを実感した。

「はぐぐっ……」

迫力に圧されて諦めたのか、留美は口を開いた。すかさずこじ開けるように押し込み、エラまでくわえさせると、あとはすんなり埋没させることができた。フェラチオというより、イラマチオに近い強引さだった。

膨れ上がった亀頭をほお張ったせいで、美貌が苦しそうに歪んでいる。それを見て雅弘は、くすぐられるような爽快感を覚えた。

腰を動かして小さな口にペニスを出し入れさせると、上品なルージュを塗った唇がよれて、めくれたり戻ったりする。

亀頭は舌と口腔粘膜でヌメヌメこすられている。フェラチオをしてもらった経験が少ないこともあり、温かく湿った感触はえもいわれぬ気持ちよさだ。強制的にほお張らせていることも大きな興奮に結びついている。

「うぐっ、うぐっ、うぐっ……」

肉棒で口をふさいだため、よがり声は聞けなくなったが、代わりにくぐもった喘ぎが淫靡な雰囲気をかもしてくれる。

腰を動かしつづけ、そのまま覆い被さると、顔の前にあられもない人妻の下半身が迫り、男が上のシックスナインになった。

人妻の口内を堪能しながら、再度、目の前にあるヴァギナに二本指を潜り込ませた。内部は妖しく火照っており、愛液がどんどん漏れ出して尻のほうへ垂れていく。すぼまったアヌスは、みるみるうちに愛液まみれになり、シーツに染みが広がった。

二本指で膣穴を広げながらかき回すと、たまっている蜜液がグジュグジュと音を立てた。膣内が活発に蠢き、指をはしたなくくわえ込んだ状態で、収縮と弛緩を繰り返している。

「ふぐぐっ……」

「川野さんも、舌を使ってください」

膣穴を責めていると腰の動きが止まるので、頼んでみた。すると留美の舌が動きだし、ペニスをなまめかしくこすり立てた。

「おおっ、す、すごい……」

甘美な刺激が雅弘の腰を包み込んだ。ただ舐められて気持ちいいだけではない。舌先がカリ首の溝をなぞり、裏側の皮のつなぎ目をねぶられると、亀頭が一気に膨張してしまった。

その気になってやっているのではなく、人妻の舌技が自然に露呈したのだと思うが、それにしても巧みな舌使いだ。

このまま射精したい気持ちもあったが、それでは男としては弱いと思われかねない。せっかく留美を感じさせることができているので、もう少し頑張って責めてみたかった。

雅弘は膣穴をえぐり、溢れる蜜をかき回した。グチョグチョと派手な濡れ音が響き、留美の舌の動きが鈍った。おかげで少し余裕ができたので、なおも責めつづける。

蜜まみれの指を抜いてクリトリスに塗りつけると、腰がガクッと大きく揺れて、舌の動きが止まった。それほど感じているとわかり、肉突起をこすりつづける。留美は腰を震わせながら、ペニスをほおばった状態でこらえていた。

しばらくして手を休めると、息を吹き返したように留美が舌を使いはじめた。亀頭の裏の筋をなぶり、舌の先でカリ首をこする。

さらには口をすぼめ、強く吸いはじめた。亀頭が挟まれ、奥へと引っ張られる。

「くうっ、吸い込まれる……」

吸引フェラで反撃され、雅弘は情けない声をあげて悶えた。これではどちらが責めているのかわからない。ちょっとしたはずみで射精してしまうかもしれない。

「川野さんのオマ×コ、エッチなお汁がどんどん溢れてきますね。これじゃ、指二本でも物足りないんじゃないですか」

もう挿入したほうが賢明だろうと思い、雅弘は腰を上げて、留美の口からペニスを抜き去った。唾液まみれのペニスをこれ見よがしにそそり立たせ、彼女の下半身のほうに移動する。

留美はすぐに彼の意図を察したらしく、体をひっくり返すと、匍匐前進の体で逃げようとする。スカートはまだはいているが、ノーパンのヒップがこちらに向けられ、漏れ出した愛液で、ワレメの内側が濡れ光っている。

雅弘は人妻の腰をつかまえると、手前に引き寄せ、張り詰めた亀頭をワレメにあてがった。

最初は滑って狙いから逸れてしまったが、偶然、ちょうどいい角度になったようで、先端部分がヴァギナにめり込むのを感じた。

「ひいいっ、入っちゃう……」

留美はなおも前に進もうとするが、雅弘のひと突きのほうが早く、亀頭が締めつける入り口を潜り抜けた。さらに腰を突き出すと、サオの中ほどまで埋まった。

「はああっ……あう……」

いったん入ってしまうと、留美はとたんにおとなしくなった。もう抵抗しても意味はないということだろう。

雅弘は達成感で胸がいっぱいだ。涼子に加え、留美とも合体できたことがうれしかった。

だが、すぐにこの膣穴を味わい尽くしたいという貪欲な気持ちが湧いてきた。秘肉の蠢きが躍動的で、涼子とは締まり具合が異なるのを感じたからだ。あちらこちらがそれぞれ収縮しており、全体が複雑な動きでペニスをしぼっている。

そして、何よりバックでの結合というのが大きな興奮をかき立てた。前につき合っていたカノジョには拒まれたので、この体位は新鮮だった。

「くはあっ、恥ずかしいわ、こんなの……」

「ズブッと刺さっているのが丸見えですよ」

バックといっても、留美はうつぶせに近い恰好で、足も閉じている。そのため、雅弘は少し持ち上げたヒップにまたがるような体勢だ。両足がくっついているため、ヴァギナはいっそうきつくなっている。ただ、結合はそれほど深くなく、ペニスは外れやすそうだった。

それでも、雅弘は腰を動かしはじめ、秘穴にペニスを押し込んだ。太ももの内側が丸尻にぶつかり、悩ましげな弾力性を変わった位置で楽しめた。

「あんっ、はあんっ……」

「お尻のクッションが、柔らかくていい感じです」

蜜穴はリズミカルに締まるだけではなかった。留美が無意識のうちに太ももを締めると、勃起した肉棒も膣内で挟みつけられ、快感が大きく高まった。

留美はヒップを浮かせ、シーツに顔をこすりつけて悶えている。ペニスを突き入れるたびに、衝撃で全身を震わせる。

本格的なバックも試したくなり、雅弘はつながったまま彼女の腰をさらに引き上げた。すると、顔はまだシーツにくっつけていたが、ひざが曲がって尻が高く持ち上がり、普通のバックの体位になった。

こちらのほうが格段に出し入れしやすかった。とろけたヴァギナにペニスを突き立て、ヒップが歪むほど腰をたたきつける。ホテルの部屋に、尻と腰がぶつかり合う小気味よい音が響いた。

「はあんっ、そんなに突いたら、壊れちゃう……」

留美は濡れそぼった秘穴でペニスを受け入れながら、じっと耐えるかのように、シーツをきつくつかんでいる。

膣穴の複雑な反応があまりに気持ちよく、このままピストン運動を続けると、早々に発射しそうなので、腰を回転させるような動きに変えた。ペニスで蜜穴を拡張しつつ、かき回すのだ。

「あはあぁっ……」

カリ首が内壁で摩擦され、肉ヒダが亀頭に絡みついて、これはこれで気持ちいい。だが、射精が迫るほどではないので、しばらく続けてパワーをチャージすることができた。

回復すると、雅弘は荒々しい突きを再開した。今度は留美の肩をつかんで上半身を起こし、犬のようなポーズを取らせる。ベッドに両手と両ひざをついて、本当に家畜になったようだった。

留美の肩に手をかけ、自分のほうに引き寄せるようにすると、かなり深く結合することができた。蜜穴にサオの根元まで埋没している。

「ああんっ……あっ、あっ！」

体をのけ反らせながら喘ぎまくる留美は、長い髪が乱れ舞い、一部が汗ばんだ背中に張りついた。

「はううっ、奥に当たってる……あはんっ、当たってるう！」

ペニスが奥まで届いているのは間違いなかった。亀頭の先端が子宮口をプッシュすると、ヴァギナが力強く締まり、肉ヒダが波のように躍動する。

妖しく甘美な蠢動に誘われ、ガンガン突きまくっていると、あっという間に、限界が迫ってきた。しかし、すでに中断することもできないくらい高まっており、最後までハイペースで突きつづけた。

「あひいいっ、イク……アソコが壊れちゃう！」

絶頂を迎えた瞬間、強い収縮が起き、留美の全身が硬直した。だが、強ばりはすぐに解け、力なくベッドに倒れ込むのと同時に、結合も解けた。その瞬間、雅弘も快感に貫かれ、白濁液が迸った。

濃厚な精液は、うつぶせになった留美のヒップから背中に達し、髪の毛にも付着した。反り返ったサオが何度も脈を打つと、太ももやふくらはぎにも飛び散り、とうとう全身にザーメンが降りそそいだ。

第四章　人妻のオモチャになった僕

1

「すっかり酔いがさめちゃった……」

ベッドにぐったりうつぶせていた留美が、ポツリとつぶやいた。

快楽の余韻にひたるでもなく、悶え乱れたのを恥じている様子もない。かといって、無理やり事に及んだ雅弘を恨んでいるようでもなかった。

「私はシャワーを浴びてから帰るから、あなたは先に帰ってちょうだい」

うつぶせのまま言った声には感情がこもっておらず、強引なかたちでセックスされたことをどう感じているのかわからない。

下手に何か言ってヤブヘビになってはまずいので、雅弘はとりあえず言われたとおりにしようと思った。

「じゃあ、これで失礼します」

雅弘はそれだけ言うと、さっさと身支度を整えて部屋を出た。

アパートに帰る道すがら、いろいろと考えてみた。

彼女は居酒屋ではエロい話を平気でしていたし、思わせぶりな態度も見せていた。酔っていたとはいえ、抱きつくようにしなだれかかってきたのも、ホテルで休むと言ったのも、自分に気を許しているからだろうと思った。

ところが、脱がせる途中で目が覚めると、とたんに嫌がった。そこがよくわからない。本気で拒絶するつもりならもっと暴れただろうし、かたちばかりの抵抗にしては、ずいぶん手こずらされた。

それでもワレメをこすればどんどん濡れたので、かなり感じていたのは間違いない。挿入を果たすと、とたんにおとなしくなり、最終的にはよがり声をあげてアクメを迎えた。涼子よりもさらに感じやすいようで、セックスそのものは満足だったはずだと思うのだ。

「強引だったのがまずかったのか……」

留美にはその気があったのに、やり方を間違えた。終わったあとの態度が妙だったのは、それが原因だったのではないか。お互いに合意の上なら、もっと素直に快感を受け入れられたのかもしれない。

そう考えると、早いうちに留美に謝っておくべきだった。さいわいなことに、明日はバイトが休みであり、彼女も夫が出張中なので、とにかく会って詫びたほうがいい。そうすれば、あらためてセックスをするチャンスもあると思った。

翌日、留美にメッセージを送り、昨日のことを謝った。会ってお詫びしたい旨を添えると、駅のロータリーで待つように、時間を指定されたので、何とかなりそうな期待が膨らんだ。

雅弘は歩いて駅まで行き、ロータリーであたりを見回した。すると、待っていたようにハイブリッドの赤いセダンが近づいてきて、目の前で停まった。

助手席側の窓が開くと、運転席から身を乗り出した留美が、彼を見上げて言った。

「乗って」

彼女が運転する車に同乗するのは初めてなので、ちょっと新鮮な気持ちで助手席に座った。ドアを閉めると、どこへ行くとも言わず、すぐに発車した。

留美は薄手のサマーニットを着ており、シートベルトがちょうど二つの乳房の間に食い込み、悩ましげなバストの膨らみを強調している。

「あなたもシートベルトをしてね」

横目で見ているのがバレたと思い、ドキッとした。だが、スカートが短めなのも気になり、人妻の成熟したボディを意識せずにはいられない。顔を前方に向けたまま、こっそり盗み見てしまった。

実際はそれほどのミニスカートではなさそうだが、シートに座っているせいで、太ももがかなり露出している。裾がずり上がり、両足のすき間は挑発的なくらい開いているが、助手席からはショーツが見えそうで見えないギリギリのところだった。

「昨日は、ずいぶん好き放題やってくれたわね。あなたはもっと紳士的な人だと思っていたのに」

エロチックに盛り上がる気分が、その言葉で吹き飛ばされた。やはり留美は、雅弘のやったことを快く思っていないのだ。まさか、このまま警察へ連れていくつもりではないかと思い、背中を冷たいものが走った。

「顔色がよくないわよ」

「あ、あの……」

「ちょっと聞いてほしいものがあるの。ダッシュボードの中よ」

グローブボックスを開けると、小型のボイスレコーダーが入っていた。

「再生ボタンを押しなさい」

言われたとおりにするしかなかった。ボタンを操作すると、小さなスピーカー部分から音声が聞こえてきた。

『やめて、雅弘君……脱がさないで』

『ダメです。もう我慢できません』

『イヤ、やめて……ひどいわ。乱暴しないで……下着が破れちゃう』

『ちょっとくらい破れたって、いいじゃないですか』

『いいわけないでしょ、こんなの……ああ、ダメ……』

昨夜の記憶が鮮明に蘇るが、昂りは少しもなかった。この場面の音声だけだと、いかにも雅弘が留美をレイプしようとしているように聞こえる。

だが、たとえこの続きを聞いたとしても、彼女が同意するところはなく、雅弘が卑猥な言葉で責める様子が録音されているだけだ。

「これをほかの人にも聞いてもらったら、どうなるかしらね」

「やめてください、そんなこと……お、お願いします」

停止ボタンを押し、哀願した。

留美がバッグにボイスレコーダーを忍ばせていたなんて、気づきもしなかった。こんな音声を聞かされたら、みんな彼女の話を信じて、雅弘の弁明には耳を傾けてくれないだろう。

「でも、録音のスイッチ、いつ入れたんですか?」

素朴な疑問が浮かんだので、聞いてみた。最初から彼を罠にはめようと考えていたとすれば、酔って眠り込んだのも演技だったことになる。

「居酒屋よ。あなたの告白話が面白そうなので、こっそりスイッチを入れておいたんだけど、人がしゃべっているときだけ録音するようになってるから、切るのを忘れてそのままになってたのね。おかげで、動かぬ証拠が録れたわ」

間の悪すぎる偶然を恨むしかなかった。

「それは元に戻しておいて」

留美には返さず、証拠隠滅を計ろうかとも思ったが、結局はグローブボックスにしまった。レコーダーを壊そうが、録音ファイルを削除しようが、そんなことは無駄だろう。大事な証拠ならコピーを取っていないはずはない。雅弘の盗撮画像と同じようなものだ。

「まさか、これを警察に届け出るつもりじゃ……」

「それより、もっと面白いことに使えると思うのよね」

留美は前を向いたまま、口元に意味深な笑みを浮かべた。

「このことは、二人だけの秘密にしましょう。それが守れるなら、録音を誰かに聞かせたりはしないわ」

「秘密にするのはいいですけど……」

何か魂胆がありそうで、素直に喜べなかった。留美は助手席の彼をチラッと見て、不敵な笑みを浮かべた。

「今後は私の言うことに、いっさい逆らわないでちょうだい。命じられたことは、何でもやるのよ。わかった?」

「……はい」

頷くしかなかったが、命じるなんて、穏やかな響きではない。彼が知っている留美とは、別の人のように映った。

何をたくらんでいるのかわからないが、まさか法に触れるようなことではないだろう、などと考えていると、運転している留美の左手がさっと伸びて、雅弘の太ももにタッチした。

「そんなに緊張しなくていいのよ」

片手でハンドルを操作しながら、付け根に近いところを揉んだり、撫でたりする。

「私がほぐしてあげるわ」

たしかに緊張はしているが、太ももを揉んでもらってほぐれるようなものでもない。というより、留美はマッサージみたいに揉みほぐそうとするのではなく、愛撫のように微妙な手つきだ。指先が内ももに深く入り込み、小指は股間に触れそうなほど近くにある。

助手席でこんなことをされて、ふつうなら妖しい気分が高まるところだが、彼女の目論見が不明なだけに、かえって緊張が増してしまう。しかも、あまり運転に集中していない様子で、それも気になった。

2

「川野さん……」

「どうしたの？　ますます緊張してきたみたいね」

「ちゃんと前を向いてないと、危ないです」

交通量はそれほど多くなかったが、太ももを触りながらの片手運転で、何度も股間に目を向けられるから落ち着かない。

「大丈夫。運転には自信があるのよ」

赤信号で停止すると、留美はニンマリと笑い、股間にもろに手を被せてきた。

「あっ……」

突然、露骨な触り方をされて、声が漏れた。留美は肉棒を両側から挟むように包み込み、やんわりと押す。さらに縦方向にさすり、手首に近いあたりで亀頭部分を圧迫した。

「ほら、硬くなってきた」

気持ちよくてペニスはどんどん硬く膨張していく。亀頭を左右に転がしたり、ぐりぐり揉み回したりするので、あっという間に勃起してしまった。

「若いっていいわね。いつでも、どこでも勃起しちゃうのね」

「そ、それは、川野さんがこんなことしてるから……」

気になって隣の車を見ると、運転している初老の男がこちらを向き、目が合った。股間まで見られることはないが、なぜか気恥ずかしい。人妻の運転で街中を走行しながら、股間を触られて勃起していることを意識してしまうのだ。

信号が変わって再び走りだしても、留美は股間に手を置いたままだった。さするのはやめたが、軽く握ったり緩めたりするので、ペニスはさらに強く反り返る。

雅弘は隣の車線が気になって仕方がなかった。車高の高いワゴン車やトラックでも来たら、股間を触られているのを見られてしまうに違いない。

「何を気にしてるの？」

「横の車に見られちゃうんじゃないかって……」

「別にいいじゃない、そんなこと」

留美は覆っていた手を横にどけて、肉棒を脇から押すようにこすった。もっこりした隆起が強調され、まるで他の車からよく見えるように仕向けているみたいだ。

「本当は見られると興奮するんじゃない？」

「ううっ……そ、そんなこと、ありません」

内股深く手を差し入れられ、指先がタマに届いた瞬間、サオがびくっと脈を打った。

否定はしたが、見られているところを想像すると、体がゾクゾク痺れてしまう。

「そうかしら」

疑わしそうに言うと、留美はいきなりジッパーを下げた。

「ためしにやってみましょうか」

「やるって、何を……」

緩いカーブを曲がりながら、器用にベルトを外そうとする。慌てて彼女の手を押さえたが、その先の信号が赤になると、またも不敵な笑みを浮かべて睨みつけてきた。

「録音をほかの人に聞かれたくはないでしょ？　だったら私に逆らわないでね」

嚙んで含める言い方には、有無を言わせない迫力があった。

ベルトを外してブリーフをずり下げ、反り返ったペニスを摑み出す。亀頭を指で挟んで硬さをたしかめ、目を細める留美だったが、信号が変わるとあっさり手を離して車を走らせた。

「そのままにしておくのよ！」

ピシャリと言い、肉棒をしまうことも、手で隠すことも許さない。雅弘は助手席で、むき出しのペニスを晒したまま、じっとしていることになった。

少し走ったところで、隣にミニバンが並んだ。気になって運転席を見上げると、向こうもチラッと見た。すぐに異様な光景に気づいたようで、運転しながら何度もこちらを見る。

最初は訝しげに眉をひそめていたが、そのうちに蔑むような笑いに変わったので、雅弘は恥ずかしくてたまらない。

とはいえ、自分が見上げたりしなければ、向こうも気がつくことはなく、真っすぐ前方を見ていた可能性は高い。勃起させたペニスを見てほしくて、視線でアピールしたと思われても仕方がなかった。まるで露出狂の変態男そのものだ。

「見られてるんですけど……」

いたたまれなくなった雅弘は、ペニスをしまってもいいか、尋ねようと思った。

留美はペニスに一瞥をくれ、口元を緩めた。

「やっぱり、見られて興奮してるじゃない」

「まさか……」

そんなことはないと反論したくても、力強く屹立した状態では説得力がなかった。摑み出されたときより硬くなっているのは明らかだ。ミニバンが後方に離れても、まだ視線に晒されているように感じる。

「それでは中途半端だから、下だけでも全部脱いじゃいなさい」

留美は信じられないことを、平然と言い放った。下半身を丸出しにするなんて、想像するだけで、顔から火が出るほど恥ずかしい。

「あの録音を警察に届けてもいいの？　そんなにレイプ犯になりたいのかしら」

雅弘が躊躇していると、すかさず追い討ちをかけてきた。

昨夜、強引にセックスに持ち込んだことを、そこまで恨んでいるのか。あるいは、逆手に取って雅弘を弄び、楽しんでいるのかもしれない。

どちらにしても、喫茶店の学生アルバイトと常連客から続いてきたこれまでの関係は、がらりと変わってしまった。今はエロいことを命じる人妻と、従わざるをえない男子学生だった。

「ぐずぐずしてないで、早く脱ぎなさい」

雅弘は仕方なくズボンとブリーフを脱ぎ、下半身だけ裸になった。シャツで前を隠さないように言われたので、勃起したペニスが丸出しだ。車のシートに直に座るのはもちろん初めてのことで、裸の尻と睾丸が妙にくすぐったかった。

「その恰好、なかなか素敵よ」

留美は愉快そうに笑うが、彼女のことより車外のほうが気がかりだった。するとと、隣にさっきと別のミニバンが並んだので、今度はじっと前を向いたままでいた。

だが、運転席からこちらを見下ろすのを視界の隅に感じると、体がゾクゾク震えてきた。変態だと蔑まされている、という意識が膨らみ、なぜか自分でやりたくてこんなことをしているような錯覚にとらわれてしまう。

ペニスは依然として硬くいきり立ち、萎えそうな気配は少しもなかった。見られて昂奮しているると指摘した留美は、横目でチラチラ見ながら、うすら笑いを浮かべている。

「どうしちゃったのよ。何もしてないのに、いつまでも硬いままなんて、ちょっと変じゃない？」

皮肉たっぷりの言い方が、ずいぶんうれしそうだ。図星だったことに満悦しているのだろう。

「そんなことないです……一度こうなると、しばらくはしょうがないので……」

勃起を晒してからさらに硬く反ったことは横に置いて、苦しい言い訳をした。

留美は見透かしたように目を細め、ペニスと雅弘の顔を交互に見た。

「危ないです。ちゃんと前を見てください」

「平気よ。運転には自信があるって言ったでしょ」

そうは言いつつも、留美は前方に向き直った。代わりに左の手が伸びて、ペニスを摑まれた。サオではなく、亀頭を包むように握ってきた。

「うっ……」

意表を衝かれ、思わず声が漏れた。しばらく晒したままでいたから、直接刺激されたことで敏感に反応したのだ。握った手を動かされると、もっと大きな声が出そうになり、こらえるのに必死だった。

留美は片手ハンドルで体をこちらに傾け、マニュアルのシフトレバーを操作するように、握ったペニスを前後左右にぐりぐり動かした。

「どうしたのかしら。ギアが入りにくいわね」

手の中で亀頭が揉まれると、サオをしごかれるのとは違った、強烈な快感が湧き上がる。

「うわっ……そ、それはヤバいです……ああっ……」

サオが硬く反っていて、本当にレバーを動かすように弄ばれると、これ以上の刺激はないくらい急激な高まりを感じた。

硬直したサオは揺さぶられながら脈打ち、先走り液が滲み出た。膨れ上がった亀頭が留美の手のひらでこすられ、みるみるうちに切羽詰まってしまう。

「うああっ……ダメです、ホントにもう……あわわっ……」

情けない声で訴えると、ようやく留美は手を離した。

危うく白濁液をまき散らすところを何とか踏みとどまったが、ペニスは大きく脈を打ち、尿道口から先走り液が漏れ出した。

下腹に付着した粘液はヌルヌルしており、こすると気持ちいいのだが、そんなことをすれば一発で射精してしまう。快楽がすぐ手の届くところにありながら、自分のものにできないもどかしさで、雅弘は悶々とするばかりだった。

3

留美は彼のシャツで手を拭い、付着した粘液を落とした。

「気持ちよかったでしょ。あとは自分でやりなさい」

「……自分で？」

「そうよ。そこでシコシコやって、外の車に見てもらいなさい」

またも信じがたいことを言われ、茫然とした。だが、彼女は真顔で、どうやら本気らしい。

雅弘はどんなことでも従うしかないと諦め、とりあえず軽くしごいてみた。サオは硬く反り返っており、ちょっとしごくだけでも気持ちいい。特に亀頭冠に触れると急激に高まるので、サオの中ほどを持ってシコシコやった。

だが、先走り液はそこまで垂れていて、ぬめりは思った以上に心地よかった。

すると、車高の高いＳＵＶと並走するかたちになり、慌てて亀頭を手のひらに包み込んだ。下半身が裸なのはバレても、せめてそこだけは隠そうとしたのだが、サオも陰毛もはみ出ていては、ほとんど意味がないように思われた。

左側に運転者の視線を感じ、右では留美が前方を見つめたまま、口元をニヤニヤさせている。もしかすると彼女は、車高の高い車を見つけては、わざと真横につけているのかもしれない。

羞恥の極みで頭がクラクラしてきた。包み込んだ亀頭は、先走り液のぬめりが残っており、このまま射精したい衝動にかられた。どっちみち隣の車に見られてしまったのだから、隠していても無意味だと思い、雅弘は再びペニスをしごきはじめた。

隣の車から見られていることを意識して、激しく興奮をかき立てられた。亀頭のエラに触れるようにしごくと、快感はみるみる上昇していく。

留美が自分でやれと言ったのは、射精してかまわないという意味だと解釈したが、あいにく雅弘はティッシュを持っていなかった。

「何をさがしているのかしら」

「ティッシュはありますか？」

「シコシコやれとは言ったけど、出していいとは言ってないでしょ」

「そ、そんな……」

とたんにしごく手が鈍り、高まりも横ばいになった。

「やめなくていいのよ。シコシコは続けなさい」

「でも……」

「いいから続けるのよ」

留美に言われてまたサオをしごくと、みるみる気持ちよくなり、射精が近づいているのを感じた。

だが、それは許されておらず、手を止めざるをえなかった。すぐイキそうなところで自らストップをかけるのは、胸をかきむしりたいほどもどかしい。

「どうしたの？　泣きそうな顔しちゃって」

「出さないつもりでも、ちょっとミスったら出ちゃいそうで……ヤバいかも」

その可能性は十分あった。こらえるのを失敗して漏れてしまうくらいなら、思いきり気持ちよく射精したい。

ほかの車に見られてもかまわないと思うのは、下半身丸出しでペニスをしごく恥ずかしさを、クリアしつつあるということだろうか。

「一度出してしまえば、すっきりするんですけど？」

「しょうがないわね。じゃあ、車を汚さなければ出してもいいわ。あなたの後ろにティッシュがあるから」

助手席の後ろを見るとティッシュボックスがあったので、シートベルトを緩めて手を伸ばした。

「ところで、あなたのアパートって、こっちの方向でいいのよね」

「えっ!?　僕のアパートに向かってるんですか?」

「そうよ」

他の車の目ばかり意識していたため、まったく気がつかなかった。

彼女にはだいぶ前にだいたいの住所を教えたことがあるので、それを覚えていたようだ。アパートの部屋まで押しかけるということは、さらに何かたくらんでいるに違いないが、こういうエロチックなことなら不満を言うつもりはない。

「でも、その前に、どこか車を停められるところを見つけないとね」

沿線に目を配っていた留美は、ショッピングモールの駐車場を見つけて入り、空いているスペースに停めた。

「早く出しちゃいなさい、見ていてあげるから」

サイドブレーキを引き、こちらに半身を向けて、じっくり眺めようという体勢だ。

ティッシュボックスを手にしたまま固まっていた雅弘は、彼女に射精を見られたいという気持ちが急に高まり、数枚を抜き取った。どういう角度で発射すれば車内を汚さないですむかを考え、体を横向きにしてティッシュをあてがい、留美のすぐ目の前でペニスをしごいた。

マスターベーションをこんな間近で観察されるなんて、考えもしなかったが、彼女の視線はねっとり絡みつくようで、触られるのとは違った刺激に満ちている。

「出るところを、よく見せるのよ」

「あっ、はい……」

興奮で声がうわずった。精液が飛び出すところがよく見えるように、ティッシュをあてがう位置を少し離した。

先走り液を亀頭やエラに塗りつけると、快感が急角度で上昇する。ついさきほど射精寸前まで行っているので、瞬く間に限界がやってきた。

「うわっ、出ます……おお、出る……ううっ！」

痺れるような衝撃が下半身を貫き、ペニスが激しく脈打った。立て続けに噴き出す大量のザーメンをティッシュで受けとめる。

留美は小鼻を膨らませ、食い入るように見つめていた。瞳を輝かせ、やや唇を開いた表情には、エロチックな昂りがはっきり表れていた。

4

留美は雅弘のアパートから歩いて一分のところにあるコインパーキングに車を入れると、急《せ》き立てるように案内させ、遠慮なく部屋に上がり込んだ。

築二十年のアパートで、間取りは１ＤＫ。狭いダイニングキッチンとバストイレ、奥の部屋はベッドとテーブルとタンスがスペースの大部分を占めている。

「案外、きれいにしているじゃない。私も学生時代、こういうコンパクトな部屋に住んでいたから、何だか懐かしい気分になるわ」

しばらく興味深そうに部屋を見回してから、雅弘のそばに来て耳元でささやいた。

「昨日、私にひどいことをした罰として、あなたにはオモチャになってもらうわ」

「オモチャ？」

「そうよ。私が好きなように遊べるオモチャ」

そう言って、着ているものを全部脱ぐように命じた。だが、雅弘が脱ぐのをおとなしく待っているわけではなく、せっせと脱がせにかかる。キラキラと目を輝かせ、綿シャツもランニングシャツも、はぎ取るように脱がせていく。

彼女が言う〝オモチャ〟とは何なのか、具体的にはわからないが、裸にさせるのだから、やはりエロチックなことに違いない。そう思うと、武者震いが起きた。

留美はさらにベルトを外してズボンも脱がせる。人妻でありながら、肉食系の素顔をさらけ出しており、これまで見知っていた彼女とはまるで別人だった。

雅弘はあっという間に素っ裸にされてしまった。股間から突き出た肉棒は、射るような視線に晒され、むくむく上を向いていく。まるで撫でられているような感じがするのだ。

「何もしてないのに立っちゃうなんて、やっぱりあなたって、見られて興奮するタイプなのね」

留美はうれしそうに言いながら、ペニスには触れず、乳首をいじくり回した。指先でこすったり弾いたりするたびに甘美な電流が走り、ペニスがピクッと反応する。

「おっ……おうっ……」

思わず声が漏れてしまうほど気持ちいい。男でも乳首がこんなに感じるものだとは知らなかった。

それから肩や背中を撫で回し、尻から腹部へと手を這わせた。羽毛のような軽いタッチで撫でられ、ぞくぞくするほど興奮がこみ上げる。ペニスはとうとう天井を向いていきり立った。

だが、彼女は相変わらずその周りを撫で回すだけで、ペニスそのものにはなかなか触れずに焦らしている。

いっそ自分でしごいてしまおうかと考えたが、それは我慢することにした。〝オモチャになってもらう〟という彼女の言葉を思い出し、弄ばれる予感が、妖しく淫靡な想像をかき立てたからだ。

「本当にすごいわ……ビンビンね」

留美は太ももや尻を撫で回しながら、ペニスに顔を近づけ、うっとりした声で言った。温かな息がサオや睾丸をくすぐるが、舌を差し出すというようなことは、期待できそうにない。

鼻が触れるほど近づき、匂いを嗅ぎはじめると、彼女の髪が太ももをくすぐり、鼻息がサオを撫でた。

「触ってくれないんですか」

ダメもとで聞いてみると、留美は上目づかいで意地悪そうに笑った。

「どうしようかしら。その前に、私も脱ぎたくなったわ」

ペニスから離れて立ち上がり、服を脱ぎはじめた。

ニットのシャツを脱ぎ、スカートをおろして、下着姿になる。ブラジャーもショーツもストッキングもすべて黒で、スタイル抜群のボディがいっそう引き締まって見える。今日はガーターではなく、太ももまでのストッキングだった。

さらにブラジャーを外し、ショーツを足首まで下ろす。一つひとつの動作がスローモーションのようにゆっくりしており、焦らしているのか、あるいは雅弘に見せつけるようでもあった。

ショーツを足から抜き取ると、身につけているものはストッキングだけになった。それは全裸よりもっとエロチックに見えた。下腹部には濃いめのアンダーヘアが黒々と茂っており、柔らかなバストが目の前で揺れている。

「私は結婚する前、ヌードモデルの仕事をしていたのよ。プロの画家や美大生に、裸をいっぱい描いてもらったわ」

それを聞き、雅弘は納得した。ためらうことなく服を脱ぎ、惜しげもなく裸体を晒すのは、そういう経験をしてきたからに違いない。ヌードモデルのバイトだからというだけでなく、元々自分のボディには自信を持っているのだろう。

「ヌードになると、体の奥がうずうずしてくるの。モデルをしているときからそうだった。あなたも同じみたいね」

反り返ったペニスを見つめる瞳が、妖艶な光を帯びた。

雅弘はさきほどの出来事を思い出した。下半身丸出しでペニスをいじるところを他の車から見られ、羞恥と興奮が同時に湧き上がった。見られて興奮するタイプというのは、もしかすると当たっているかもしれない。

そんなことを考えていると、留美はその場にひざまずいてサオを握った。硬さや太さをじっくりたしかめてから、ゆるゆるとしごきはじめる。

「硬くてガチガチだわ。それに、こんな大きい……」

亀頭も握ったり緩めたりして、手触りをたしかめる。車の中でしたのと同じように、シフトレバーを操作する手つきをされると、気持ちよくて反りがぐっと強まった。

先走り液が滲み出て、握った手の中で亀頭に塗りこめられる。さらに唾液を垂らして揉まれたので、ますます快感が高まった。

「ああ、気持ちいい……」

うっとりして思わず声が出た。留美は満足そうに見上げ、サオをしごいた。しごきながら、亀頭のエラや裏筋も指で巧みに刺激する。

おかげで雅弘が切羽詰まるまで、さほど時間はかからなかった。

「くうっ……も、もう出そうです……」

「ダメよ。そんな簡単には出させないわ」

そう言いつつ、留美はしごく手を速めた。急激な高まりを覚え、暴発しそうな予感がした。その直後、彼女はこれでもかというほど強い力でサオを握り締めた。

亀頭が赤黒く膨れ上がり、鈍い光を放った。頂点に達しようとしていた快感がゆっくりと引きはじめ、寸止めされたモヤモヤが下腹の奥で広がっていく。

「あぁっ……」

快感が完全に遠のいてしまい、せつない気持ちになる。留美はイタズラっぽい目をして、握っていた手を離した。尿道口から粘液が漏れ、サオを伝って滴り落ちた。

5

「上を向いて、寝転びなさい」

留美はベッドではなく床を示した。何をするのかわからないが、自分はオモチャなのだと思い、言われたとおり仰向けで横たわった。

暴発の気配はすっかり影をひそめたが、ペニスはまだ勃起したまま、存在感を見せつけている。

彼女はベッドに座り、ストッキングを脱ぎはじめた。膝を高く上げたとき、真っ黒なアンダーヘアと、濡れて光るスリットが目に飛び込んだ。

秘裂が早くも潤んでいるのは、彼女が言ったように、ヌードになったことで体が疼いたのかもしれないが、ペニスをしごいたことも影響していると思われた。肉食系の人妻は、硬く反り返る肉棒にそそられて濡れたのだ。

片方のストッキングを脱ぐと、その足をペニスの上に置いた。軽くのせるだけかと思ったら、足の裏でサオを転がした。

「な、なにをするんですか？」

「ふふふっ、気持ちいいでしょ」

「やめて……踏んづけないでください……おおっ……」

留美は力を強め、サオをぐりぐり踏み転がした。爪先で亀頭の裏筋やエラを突っついたりもする。

「やってみたかったのよ、こういうの」

そう言うからには、留美も初めてなのだ。夫とはノーマルなセックスをしており、異常な願望は年下の大学生を相手に満たそうというのか。オモチャになってもらうと言った彼女の狙いが、ようやく理解できた気がする。そのために昨夜の録音を利用したのだ。

いや、もしかすると泥酔そのものがお芝居で、最初からレイプを偽装するために計画したのではないか。そんなふうにも思えてきた。

ヌードになると体がうずうずすると彼女は言ったが、昨夜はショーツを脱がされまいと必死に抵抗した。あれこそレイプの証拠作りのための作戦だったとすれば、すんなり辻褄が合いそうだ。

だが、それはそれとして、雅弘の肉体は、この異常な状況の中で明らかに反応を示している。屈辱的なことをされているというのに、それすらも快感となり、ペニスはいっそう硬くなっているのだ。

留美はサオを転がすだけでなく、足の裏で亀頭を踏みつけるようにこすり立てたり、指の間にカリ首を挟んで振り回した。

「生意気なオチ×チンね」

「そ、そんな……イタズラしないで……」

悶える雅弘は、弱々しい声で答えるだけだった。あたかも自分の部屋がアダルトビデオの撮影現場になったかのように、卑猥な行為が繰り広げられている。

「昨日と違って、今日はおとなしいわね。ホテルではまるで野獣みたいだったのに」

そう言われると返す言葉もないが、彼女だって昨夜とはまるで別人だ。エロい人妻の本性を全開にしている。

「これだけおとなしいと、もっとイタズラしたくなるわね」

ガチガチに硬くなった肉棒を、留美は爪先で持ち上げては離し、ペタン、ペタンと下腹を叩かせた。本当にオモチャで遊んでいるみたいで、とても愛撫とは言えないのに、下腹に当たるたびに、サオはいっそう硬く反り返った。

先走り液が漏れると、尿道口と下腹を結んで糸を引いた。足の指にも付着してしまうが、彼女は気にする様子もない。

しばらく遊ぶと、ベッドから下りて、雅弘の腰をまたいでしゃがみ込んだ。ペニスにちょうど秘裂が重なり、前後に腰を揺らすと、サオがヌルヌル滑って気持ちいい。

初めて経験する、いわゆる〝素股〟だが、留美の潤みがさっきより増しているのは間違いなかった。ペニスを足でイタズラして、彼女自身も興奮したのだ。

「川野さん……」

「そんな水くさい呼び方じゃなくて、留美でいいのよ」

やさしそうに言うが、上から見下ろす目はあくまでも支配者然としており、弄ばれることに歓びを感じるようになった雅弘は素直に従った。

「ううっ、留美さん……気持ちいいです」

「こういうのはどう？」

少し前にずれて、亀頭の真上にワレメが乗るようにした。その状態で腰を揺らすと、亀頭が湿った粘膜に包まれて摩擦され、セックスしている感覚に近いものがあった。

「ああ、それもいい……」

気持ちよくて、腰が勝手にせり上がった。

彼女の動きも速くなった。やや前屈みで恥骨を押しつけるのは、クリトリスがこすれて気持ちいいからに違いない。

快感が高まるにつれ、合体したい欲求が高まった。早く本当のセックスをしたくて、こっそりペニスの付け根に手を伸ばし、サオを上に向けた。愛液が増えてワレメがヌルヌルなので、留美が腰を動かしている間に、偶然入ってしまうことを期待したのだ。

「何を勝手なことをしてるの？」

留美は艶っぽい笑みをたたえ、動きをストップした。すべてお見通しだった。

「すみません……でも、もう入れたくてしょうがないんです」

「まだダメよ。勝手なことをしたから、罰を与えないといけないわ」

そう言って留美は、中腰になって雅弘の頭のほうへ移動した。

6

迫ってくる秘貝から目が離せずにいると、彼女は顔の真上で腰を下ろした。

「あう……むうっ……」

濡れた粘膜で口と鼻を塞がれてしまい、呼吸困難に陥った。

首を振って逃れると、留美は腰をずらしてまたフタをする。

「んむっ……んっ……んむうっ……」

もがいて何とか息を吸い込んでも、すぐに塞がれてしまい、同じことの繰り返しだ。

「息ができなくて苦しいでしょ。勝手なことをした罰よ」

笑いながら秘貝を押しつけられ、大陰唇の両脇まで生えた陰毛で頬をこすられる。

だが、息を吸うたびに人妻の淫臭が鼻腔をいっぱいに満たすので、苦しい中でもひそかに昂りを覚えていた。秘粘膜そのものの匂いに蜜汁の香りが混じっており、何とも言えない媚臭が欲望をそそるのだ。

つい先日、初めてクンニリングスをしたばかりの雅弘は、顔面騎乗というさらにハードな経験をして、大きな興奮に包まれた。

楽に呼吸したければ、留美をはねのければすむのに、顔面騎乗クンニを甘んじて受け入れている。首を振って呼吸を確保するたびに、淫臭を深く吸い込むことになり、かえってそれが心地よく感じられる。

蜜汁がさらに増して、口元はぬるぬるになった。その気はなくても口の中に入ってきて、舌をピリピリ刺激する。酸味は明らかに涼子より強かった。

たとえ強制的であっても、舐めることに喜びを感じる雅弘は、口をすぼめて啜ったり、舌で舐め取ったりした。

「そこじゃなくて、クリを舐めるのよ」

留美は包皮をむいてクリトリスを完全に露出させた。鼻を塞がれることはなくなっても、深く息を吸い込みながら舌を使う。

「あうっ……あぁん……」

甘い声が漏れるのと同時に、腰がカクッ、カクッと震えた。

驚くほど感じやすかった昨夜の彼女を思い出し、心が躍った。真珠色の突起を舐めまくると、下半身の震えはますます大きくなった。

雅弘はそれがうれしくて、懸命に舌を動かした。といっても、反撃しようというわけではない。留美を感じさせ、お互いに気持ちよくなりたい一心だった。

「そうよ、いいわ……あふっ！」

大きく腰が揺れてクリトリスが離れてしまうと、留美は開いている小陰唇をさらにめくった。思いきり舌を伸ばして蜜穴をとらえ、頭を揺らして突っつくと、新鮮な愛液がトロトロ垂れてくる。

「くううっ、舌が……舌が入ってる……」

硬く尖らせた舌で蜜穴をかき回す。溢れる蜜汁は、口の中に垂れるだけでなく、唇の周りや鼻やあごにも付着して、雅弘の顔をベトベトにした。もちろん、淫臭もたっぷりまといついている。

留美はしばらくすると、腰を浮かせて舌から離れ、ゆっくりと向きを変えた。こちらに尻を見せ、再び腰を落としてクンニの体勢になり、さらにペニスを握り締めた。

昨日とはちょうど反対の体勢で、女が上になるシックスナインだ。しかし、ペニスの感触を確かめる程度で、積極的にしごこうとはしない。

雅弘はすぐ目の前に迫ったアヌスに見とれた。きれいな放射皺が均等に伸びており、キュッとすぼまったかと思うと、元に戻った。

「休んでいないで、舐めるのよ！」

慌ててスリットに舌を伸ばすと、留美は前傾してほんの少し腰を持ち上げた。クリトリスが舐めやすい位置に来たので、そうさせたいのだろう。

もう包皮をむかなくてもほとんど露出しており、舐めるとスリットとアヌスがいっしょにすぼまった。「気持ちいいわ」と言っているような反応だった。

雅弘はうれしくなって一所懸命舐めまくった。またも留美の腰が揺れ、クリトリスが舌から離れてしまったが、彼の舌を求めるように、すぐ元の位置に戻った。雅弘はただ舌を動かしているだけでよかった。

何度か同じことが続いたあとで、離れた瞬間にわざと舌を引っ込め、唇を閉じてみた。元の位置に戻っても舌が触れないと、留美は焦れったそうに、彼の口にクリトリスを押しつけてきた。

そのまま何もしないでいると、留美はさらに強く押しつけ、鼻もスリットに埋まり、また息ができなくなった。だが、窒息感がなぜか心地よく感じられ、頭がボーッとしてくる。

留美がわずかに腰を浮かせ、塞がれていた鼻が解放されて息が楽になった。そこでようやく舌を差し出した。すると、留美は明らかにそこに狙いをつけ、クリトリスが触れるように腰を動かした。

「あふっ……いいわ……ああっ……」

気持ちよさそうに腰が跳ねるので、的を外してはまた元に戻る、といったことが何度も繰り返される。ペニスを握る手にも、ぎゅっと力がこもる瞬間があった。

雅弘はそうした動きが面白くなり、舌を思いきり差し出すと、動かさないで硬く尖らせたままでいた。

すると留美は、クリトリスを強く押しつけ、腰で円を描くようになった。微妙な動きではあるが、明らかに回転させている。好きなように腰を使い、クリトリスに加わる刺激を堪能しているのだが、たびたびぶれてしまうところが、本当に気持ちよさそうだった。

つい舌を動かしたくなるのを我慢していると、留美はしばらくして狙いを変えた。前傾姿勢から垂直に変わり、舌の位置に蜜穴を持ってきたのだ。突き出された舌先になじませるように腰を動かすと、雅弘の舌は蜜穴に埋め込まれるかたちになり、鼻先にアヌスが当たったった。

「あはあっ、くううっ……」

小刻みに腰が上下して、膣穴を舌が穿つ。指やペニスと違って深くは入らないが、十分気持ちいいらしい。

「雅弘の舌、最高……あああんっ！」

それはもうクンニというより、男の舌を使ったオナニーに近かった。しかも、留美は舌以外に、鼻の頭も活用しているらしく、アヌスがこすれるように仕向けているようだった。

新たに漏れ出した蜜汁は、舌を伝って滴り落ちる。それをすべて口で受けとめると、淫臭と酸味で溢れ返った。

留美はそれからもう一度クリトリスに戻って腰を振ると、ペニスをしごいた。だが、雅弘を気持ちよくさせるというより、硬さや反り具合を確認しただけのようで、すぐに腰を浮かせ、体の向きを変えた。

再び彼の腰にまたがり、杭のようにそそり立ったペニスを掴んでヴァギナに導いた。少し体重をかけるだけで、膨張した亀頭が膣穴に呑み込まれ、すぐにサオまで埋まっていった。

「あううっ、奥まで刺さる……はあんっ……」

「留美さん……ああ……」

いやらしく締めつけられ、ペニスは彼女の中でさらに膨張した。腰が上下に動きはじめると、膨らんだ亀頭もサオも気持ちよく摩擦される。

雅弘にとって騎乗位は、初めての経験だった。女性の乱れる様子を観察できる体位で、留美のEカップのバストがダイナミックに揺れるさまは、エロチックな迫力に満ちていた。

「やっぱりこれがいい……上になるのがいいわ……最高！」

留美は太ももで彼の腰を挟みつけ、卑猥な腰つきで前後に揺れている。顔面騎乗もそうだったが、上になると自由自在に動けるので、それが好みなのだろう。

ところが、そんなことを考えている余裕はすぐになくなってしまった。留美が膝を立てて腰を浮かしたとたん、ペニスが衝撃的な摩擦感に襲われたのだ。

「うおっ！　おおう……うああっ……！」

亀頭もサオも絞るような激しいピストン攻撃を受け、さっきとは比べものにならない、急激な快感の高まりに翻弄される。それはもちろん、正常位でもバックでも味わえない、強烈なものだった。

「あくううっ、子宮にズンズン響くわ……」

これはAVなどでスパイダー騎乗位と呼ばれているものらしく、まさに獲物を捕食する蜘蛛のようだ。留美はがに股でまたがり、豪快なグラインドで自ら串刺しになっているが、好き放題に快楽を貪る姿は、享楽的な本性を丸出しにしていた。

こうなると雅弘はもう、最初に騎乗位で合体したときのように、彼女の卑猥な腰つきを眺めて楽しむどころではない。暴発をできるだけ我慢するのが精いっぱいだ。

「あんっ……ああっ……あんっ……」

留美は腰を上下させながら、微妙にくねらせた。さらに雅弘の胸を撫で回し、乳首をいじりだした。

「おうっ！」

一瞬、ペニスが強くしなり、暴発の危機が迫った。下腹に力を入れ、ギブアップ寸前で必死にこらえる。

留美はとろけそうな顔に、淫蕩な笑みを浮かべた。目が合うと、腰を使いながら、ゆっくりと雅弘の胸に顔を埋めた。

長い髪で肌をくすぐられるのが気持ちいい、と思ったのも束の間、乳首を舐められ、甘い衝撃が全身を貫いた。

「あうっ！　留美さん、そ、それは……うああっ！」

たまらず身をよじったが、留美は容赦なく乳首を舐めこする。腰の動きもどんどんダイナミックになる。

垂れた髪が顔をすっぽり隠しているので、牝の獣に上に乗られ、犯されている気分だった。

「ダメだもう……あっ……」

激しい快感とともに、ペニスが大きく脈打ち、何度もザーメンが迸った。

放出が終わっても、留美は動きを止めず、絶頂に向かって駆け上がっていく。上半身を起こすと、後ろに手をついて体を反らし、がに股のまま腰を上下に振りつづける。反り返ったペニスが、膣穴を出入りするさまが丸見えだが、雅弘は射精が終わってもまだピストンを続けられ、悲鳴を上げそうになった。

留美の腰振りがスピードを増した。

「ひいいっ、イクーッ!」

歯を食いしばってこらえていると、一気に昇り詰めた彼女の腰が大きくバウンドした。その瞬間、蜜汁にまみれたペニスがヴァギナから飛び出し、下腹を叩いた。

留美は腰を浮かせた状態で下半身が硬直したが、やがて脱力して、雅弘の太ももの上に尻を乗せてぐったりした。膣穴はぽっかり口を開け、開ききった花びらのような小陰唇が、妖しく蠢いている。

暗い穴の奥から白濁液が流れ出るのを、雅弘は気怠い快楽の余韻とともに、ぼんやり眺めていた。AVではお約束のシーンだが、生で見ると卑猥さが何倍にもなり、体じゅうがゾクゾクするのだった。

第五章　清楚な熟妻の裏の顔

1

雅弘のアパートで快楽を貪った留美は、それからも何かと言っては呼び出し、あれこれ好き放題にやったり、やらせたりを繰り返している。

はじめのうちは彼のアルバイトが休みの日に車で出かけ、ホテルに入ることが多かったが、そのうちに人影がまばらな場所を見つけては車から降り、野外でペニスを露出させたり、彼女自身もノーパンで歩き回ったりして、奔放なセックスを楽しむようになった。

あまりに貪欲なのは、旦那とセックスレスだからだろうと思ったが、聞いてみると、夫婦の間でもしっかり続いているらしい。彼女は本当の意味での肉食系だった。

もちろんカルチャセンターでもちょっかいを出してくる。エレベータでいっしょになると、堂々と股間を摑み、乳首をいじって刺激する。他にも人が乗っているのに、気づかれないようにこっそり股間をまさぐることもあった。

人妻の熟れた体と手練の性技は、雅弘をすっかり虜にした。録音ファイルを握られていることは、もはや関係なくなっており、彼女の言いなりになり、弄ばれることで興奮を覚えてしまう。

九月に入り、大学の夏休みもそろそろ終わろうかという頃だった。今日もすべての教室が終わったあとで、留美につかまった。事務室へ戻る前にひと息ついたらどうかと言われ、自販機コーナーで飲み物を買ってもらった。

受講生たちが三々五々に帰っていくのを目で追いながら、まさかこんな場所でいかがわしいことをするつもりだろうか、などと考えてしまい、胸がドキドキした。

「ところで、その後、どうなってるの？」

「何がですか」

「前に言ってた、年上の女性よ。いまでもまだ、避けられているの？」

居酒屋で飲んだときに相談した涼子のことだが、久しぶりに話を持ち出され、不意をつかれるかたちで口ごもった。

「いいのよ別に、あなたを独占しようなんて、これっぽっちも思ってないから。だって、あなたがいろいろ経験してくれたほうが、私も楽しめるでしょ。まあ、ちょっとくらいはジェラシーを感じるけど」

言い方はあっさりしているが、ジェラシーという言葉は本心から出ている感じがして、くすぐったい気分になった。

「相変わらず、ってところですね。もっとも、前みたいにあからさまに避けられてるわけじゃないけど」

「ふうん。そうなんだ」

留美はさぐるように流し目で見つめるが、雅弘が言ったことは事実だった。このところ涼子は、少なくとも表面上は以前の彼女に戻っている。

理由は明らかで、雅弘の態度が変わったからだった。留美とセックスするようになって以来、涼子にコンタクトを試みることはなくなり、おかげで彼女も避ける必要がなくなったのだ。

だからといって、涼子を完全に諦めたとか、どうでもよくなったということではなく、気持ちの上ではかえって執着が強まっている。留美と濃密な時間を過ごし、女の秘めた欲望を知れば知るほど、涼子についても新たな興味が湧いてきたからだ。感度抜群で、あられもなく乱れる彼女が、どれだけ淫らな欲望を内に秘めているか、ぜひとも知りたいと思う。

しかし、現実はままならず、奔放な留美に振り回されるばかりで、涼子とのことをじっくり考えている余裕はなかった。

もっとも、たとえもう一度アプローチしたとしても、同じことが繰り返されるだけ、という気もしており、積極的に出ようという勇気はなかなか湧かないのだった。

「どんな人なのか、こっそり見てみたいわね。何をしている人なの?」

「いいじゃないですか、そんなこと。今さら、どうにかなるわけじゃないんだから」

「ムキになるところを見ると、まだ未練がありそうね」

「ありませんよ、もう」

疑わしそうな目で見られ、雅弘はそわそわしてしまった。どうにかなるわけではないと言っておきながら、それを否定したい自分がいるが、留美に見透かされている気がして、目をそらした。

「やっぱりね。そんなに雅弘を夢中にさせるなんて、どんな人かしら。ホントに妬けてきちゃうかも」

冗談めかして本音を言ったように感じられ、見ると真剣そうな表情なので、胸が騒いだ。すると、留美は誰もいなくなった廊下を見渡し、さっと彼の手を摑んだ。

「ちょっと、こっちに来て」

連れていかれたのは女子トイレだった。もしかすると、本気で嫉妬しているのかもしれない。

「ここはまずいですよ」

小声で訴えると、留美はドアを開け、中に誰もいないことを確認してから雅弘の手を引いた。逆らうことは許されておらず、いっしょに入るしかなかった。

2

留美は奥の個室に彼を引き入れると、ドアをロックした。スカートの中に手を入れ、すばやくショーツを脱ぎ落とし、便器のフタの上に片足を乗せた。

「舐めるのよ。舌で気持ちよくしてちょうだい」

雅弘の肩を押さえてしゃがませ、スカートをまくり上げる。その場にうずくまると、黒く茂った恥丘のアンダーヘアが目の前に迫った。秘貝はやや口を開いているようだ。

「早くしなさい。誰もいないうちに、ちゃんとイクようにするのよ」

そう言って、雅弘の頭を引き寄せる。

縮れ毛が鼻面をくすぐり、温かな淫臭が侵入した。こんな匂いをさせながら、真面目な顔で受講していたのかと思うと、体がゾクゾクする。

舌の先はワレメに届いたが、そのままでは舐めにくいので、床に這いつくばるように身を屈ませた。こんな恰好で秘貝を舐めさせられるのは、惨めなようでいて、意外と興奮させられる。

留美はすでに潤んでいるようで、秘肉にちょっと舌が触れただけで、わずかに酸味を感じた。さらに深くワレメをすくうと、ピリッとした刺激が舌に広がった。

「そうよ。ああ、いいわ……」

うっとりした声がセクシーなBGMになり、舌の動きはおのずと活発になった。ミゾをえぐり、秘穴に突き立てる。愛蜜が溢れてさらに舌を濡らした。

淫臭にまみれながら、半分露出したクリトリスを舐め上げた瞬間、留美の太ももがブルッと震えた。

「あうんっ！」

雅弘は包皮からむき出して舐めようかと思ったが、手は使わないほうが面白そうなのでやめた。この恰好で手を使わずに舐めていると、まるで犬にでもなったようで、飼い主に奉仕している気分を味わえる。それは思った以上に刺激的だった。

「あう……あっ……ああっ……」

抑えめながら、気持ちよさそうな声が漏れている。雅弘はいっそう激しく舌を使い、舐めたり弾いたりを繰り返した。

すると、不意にドアが開いて、誰かがトイレに入ってきた。

ギクッとして舌が止まり、体じゅうに緊張が走る。留美も便座に片足を乗せた姿勢で固まった。物音を立てないように、二人して入ってきた人の気配に耳をすました。

個室のほうには来ないで、洗面台のところにいるので、どうやら化粧直しのようだが、油断はできない。

なおも気配を窺っていると、しばらくして静寂を破るように着メロが鳴り響いた。入ってきた人の電話に着信があったのだ。

「もしもし……」

その声が涼子だったような気がして、ドキッとした。電話を受けてもトイレから出ていく様子がないので、聞き耳を立てる。

「こんな時間にどうしたの、何か急用？」

やはり間違いない。思いもしない偶然に、全身が強ばり、顔からみるみる血の気が引いていく。

「……いいけど、手短にお願いします……別にそういうわけじゃないけど……」

親しい相手なのかそうでないのか、よくわからない微妙な口調だった。涼子はしばらく相手の話を聞いていたが、奥の個室に人が入っているのを気にしたようで、声をひそめて応えた。

「それについては、ちょっと考えさせてよ。あとでこちらから電話します」

だが、電話を切った様子はなく、相手が話すのを聞いているらしい。

雅弘の驚きと緊張は、間もなく治まった。涼子が出ていくまで、おとなしくしていればいいだけのことで、自分が受講生と女子トイレに潜んでいることを知られる心配は、まずないだろうと思ったからだ。

逆に、もし彼女がこのあと個室に入ったら、と考えて、にわかに昂りを覚えた。下着を脱ぎ下ろし、放尿する音が聞けるかもしれない。

ほんの数メートルのところで、それを聞きながら留美の秘貝を舐める自分を想像したとたん、股間が熱くたぎり、硬く反りはじめた。クンニで興奮したのとは異なり、オナニーのネタみたいなものだが、ペニスに触れてもいないのに激しく勃起するなんて、自分でも信じられないことだった。

鼻息が荒くなっており、妙な気配が外に伝わらないように気を引き締めると、留美がこちらを見下ろし、ニヤニヤしているのに気づいた。理由はわからないが、何か言いたそうなのが引っかかる。

それから少しして、涼子は通話を終え、トイレから出ていった。

「今のは確か、ここで講師をしている人よね？」

留美は便座から足を下ろした。水彩画教室を受講していなくても、涼子のことは見知っているらしいが、悪戯っぽい笑みで見下ろすので、不穏な空気を感じずにはいられない。

「水彩画の鈴江先生……だったと思いますけど」

ゆっくり立ち上がると、いきなり股間を摑まれた。

「ううっ……」

留美はサオの根元から先まで、荒っぽく握って硬さを確かめ、耳元に顔を近づけてささやいた。

「おかしいわね。どうしてこんなに硬くなってるのかしら？　ビックリして縮こまるならわかるけど、興奮しちゃうなんて変じゃない？」

「そ、それは……」

返す言葉が思い浮かばない。問い詰められたことにより、涼子の気配を感じながら留美の秘貝を舐めるというさっきの想像が、再び脳裏に映し出された。

留美はさぐるような鋭い目で見つめた。

「もしかして、水彩画の先生だとわかったから興奮しちゃったとか？」

「まさか、そんなこと、絶対にありません」

きっぱり否定すると、留美はさもおかしそうに笑いだした。

「あなたって、ホントにわかりやすい人ね」

笑いながらジッパーを下げると、ブリーフをかき分けてペニスを摑み出した。

3

「すごいわね。いつもよりたくましくなってるじゃない」

耳に触れそうなくらい唇を近づけ、息を吹きかける。

「悔しいから、ちょっとイジメちゃおうかな」

湿った熱い息がかかった瞬間、体がゾクッと震え、彼女の手の中でサオが脈打った。

前に話した年上の女性は、水彩画の講師だと見抜かれてしまったらしい。女の勘の鋭さに、啞然とさせられるばかりだ。

留美はその場にしゃがみ、ペニスに顔を近づけた。表情はよく見えないが、鼻を鳴らして男の匂いを嗅いでいる。

それからおもむろに舌が伸びて、スーッとサオを舐め上げた。唾液を塗りつけるように亀頭を舐め、尿道口をチロチロやり、さらには舌の先でカリ首の溝や裏側の皮のつなぎ目をなぞった。

休みなく責められる雅弘は、傍らの水洗タンクに手をついて支え、やっと立っていられる状態だ。

留美はさらにズボンの上からタマを揉みあやしながら、さかんに舌を使った。亀頭はすっかり唾液まみれで、サオにも滴っているが、そこには先走り液も混じっている。

「大きすぎて、口に入らないかも」

そんなことを言って、舌で責めたり唇を這わせたりするだけで、なかなかくわえようとしない。気持ちいいのは確かだが、射精の一歩手前でずっと待たされている状態なので、しだいに焦れてくる。

「ううっ、留美さん……もう、口でしゃぶってください」

哀れな声でお願いして、ようやく口を開いてくれた。唇が亀頭の表面を滑り、裏スジを舌が這う。

だが、カリ首まで覆うかどうかのところでストップすると、少し間を置いて、ゆっくり吐き出してしまった。

「やっぱり入らないみたい」

「ああ、そんな……イジワルしないでください、ちゃんと入るのに……」

半分泣きそうな声で訴えると、留美はうれしそうに見上げ、満面に笑みをたたえた。

雅弘の話した年上の相手が誰なのかわかり、ジェラシーを感じてイジワルしているに違いない。彼が焦れる様子を見て楽しんでいる。そういう性格であることはもうわかっていた。

どうすればくわえてもらえるだろうと考えていたら、留美は満足そうに頷き、ようやくペニスを口に含んだ。

「おおおっ……」

艶やかな唇が亀頭のエラにかぶさり、軽く吸引される。大きな刺激とはいえないが、亀頭が何ともいえない心地よさに包み込まれた。

それからサオまでくわえ込み、また引き戻す。吸引しながらなので、頬をすぼめた表情がとてもエロチックだ。

再びくわえては戻し、くわえては戻しを繰り返す。ゆっくりではあるが、口内では舌が活発に動いて、裏側の皮のつなぎ目をねっとり舐めこすっている。吸引と同時にやられ、相乗効果で快感はみるみる高まった。

さらに留美は、サオの付け根近くまで深々とくわえ込み、後退するときは亀頭のエラが見えるまで浅くした。すぼめた唇が、大きく張ったエラに引っかかるたびに広がり、卑猥な動きを見せる。頭の振りも大きく、しだいにスピードを増して、激しいフェラチオになっていった。

「うぐっ、はぐっ……」

鼻息荒くしゃぶる姿は、いかにも肉食系の人妻らしい。欲望を丸出しにして、若い精を搾り取ろうとしている。

巧みなフェラチオに翻弄され、雅弘はコントロール不能な状態に陥った。女子トイレの個室を精液で汚すのはまずいが、暴発はもう時間の問題だった。

「くふっ、出そうです……」

聞こえたはずなのに、留美は過激なおしゃぶりをやめない。すぼめた唇でサオをしごき、口内粘膜と舌で亀頭を妖しく摩擦する。

吸引がさらに強まった、と思ったとたん、雅弘は腰を引きつらせて精を放った。目も眩む快感とともにペニスが脈動し、ザーメンが立て続けに発射される。

「ぐぐっ……」

肉棒は暴れ、噴き出した精液が喉を直撃したが、それでも留美はしっかりくわえたままでいた。雅弘にとっては初めての口内発射だ。こんな場所で体験することになろうとは、思いもしなかった。

「す、すみません……」

とっさに謝ったが、留美は怒っている様子はなく、大量のザーメンを口で受け止めた。最初は少し苦しそうに眉を寄せたものの、すぐにうっとりした表情に変わったので安心した。

ペニスをゆっくり吐き出すと、留美は口の中にたまっている精液を飲んでくれた。量が多いせいか、一気にではなく、何回かに分けて喉を鳴らした。その様子は、まるで味わいながらゆっくり飲み干すようだった。

「ありがとうございます……」

思わず礼を言ってしまうほど、雅弘は感動していた。留美は吐息とともに妖艶な笑みを浮かべ、ザーメンまみれの亀頭をきれいに舐め清めてくれた。

4

翌週、水彩画教室が終わり、後片づけで教室と準備室を何度か往復している途中、講師控室の前で涼子がこちらを見て立ち止まった。自販機でドリップコーヒーを買って戻るところだったらしい。

雅弘が近づいていくと、珍しく彼女のほうから話しかけてきた。始まる前にも顔を合わせているが、そのときはお互いに軽い会釈だけだった。

「大学はまだ夏休みなの？」

「今週いっぱいで休みは終わりです」

「じゃあ、来週からアルバイトのシフトも変わるのね」

「そうですね」

ひと月あまり前と変わらない様子が、ずいぶん懐かしく感じられた。

どうせ挨拶程度だろうと思ったら、意外とそうでもなく、涼子はすぐ控室に入らず、まだ何か話したそうだ。

雅弘もその場を離れずにいたが、何を話せばいいかわからなくて戸惑っていると、涼子がドアを開けた。

「ちょっといいかしら」

促されて控室に入ったとたん、涼子と強引に関係を結んだあの日のことが、フラッシュバックのように脳裏に浮かんだ。これまでも掃除で入って思い出すことはあったが、本人がいっしょだと比べものにならないほどなまなましい。肌の感触や秘粘膜の濡れ具合まで、鮮やかに蘇るのだ。

「例の写真のことだけど……」

コーヒーを一口飲んでから、涼子は切り出した。

「本当に全部削除してくれたんでしょうね？」

例の写真というのは、もちろん彼女の着替えを盗撮したものだが、気になるのであれば、もっと早く言えばいいのに、どうして今になって念を押すのか不思議に思った。何しろあの頃の彼女は、雅弘を頑なに寄せつけまいとしており、写真のことを気にしている様子は少しもなかったのだ。

「しましたよ。もう残ってませんけど、信用できないんですか？」

「そういうわけではないけど……」

何となく歯切れが悪いので、妙な感じがした。

「だって、目の前で削除したじゃないですか」

「それはそうだけど……本当にコピーを取ってないのか、気になって……」

なるほどそういうことかと思ったが、それでも今頃言いだすのは、これまでの彼女の様子からして、どうも腑に落ちない。日が経つにつれて気になりはじめたということだろうか。

もっとしつこく言い寄ってくると考えていたのに、こちらが意外とあっさり引き下がったから、何かもの足りない感じがしてきたのだとすれば、涼子との関係は進展する可能性がまだ残っているかもしれない。

そう考えると、胸がワクワクしてきた。

「本当のことを言うと、パソコンにコピーを全部保存してあるんです」

目を丸くする涼子を見て、雅弘はほくそ笑んだ。

「やっぱりそうだったのね。あんなウソを言って……」

「大事なファイルですから、当然バックアップは取ってありますよ」

「ひどいわ、平気で人を騙すなんて」

悔しがる彼女の前で、雅弘はにんまり微笑んだ。余裕たっぷりの態度で応じられるのは、留美との経験によって、男として大きく成長した証拠だろう。

「でも、画像も動画も、毎日飽きるほど見たから、もう削除してもかまわないです」

涼子は羞恥と期待が入り混じった、微妙な表情を見せた。

「何ならこれから、うちに来ませんか？　パソコンに保存したやつも消してあげますから、そうすればもう安心でしょう？」

これはアパートに連れ込むチャンスだと思いついたのだが、削除してかまわないというのは本当だった。ファイルはすべてネット上のストレージに保存してあるので、パソコンに入っているものは、涼子が見ている前で消してもかまわない。

「帰りが遅くなると、旦那さんが心配します？　でも、今日消すのを確認しないで後日ってことにすると、その間にまたコピーしておく時間ができちゃうから、いつまでたっても不安は残りますよ」

涼子がアパートに来る前提で話を進めると、彼女は本気で考えている様子だ。

「夫は心配いらないんだけど、単身赴任で家にはいないから……」

ボソッとつぶやいた言葉が、雅弘の想像をかき立てた。いつから単身赴任しているのか知らないが、それならきっと欲求を持てあましているはずだ。こちらが強引に迫ったのは確かだが、彼女も心のどこかで受け入れていたに違いない。あれだけ感度抜群のボディでは、なかなか拒みきれるものではないだろう。

留美の赤裸々な欲望を身をもって知った今、涼子の中でも同じように性欲が渦巻いているはずだと確信できる。

「だったら話は早いじゃないですか。これからいっしょに来てください。全部消してあげますから」

「今度は本当でしょうね」

「ウソは言いません。絶対に本当です」

「そういうことなら、まあ……」

「教室の後片づけはすぐ終わりますから、十五分後くらいに下で待っていてください。では、のちほど」

返事を待たずに、雅弘はその場から立ち去った。

それから残りの仕事を速攻で片づけると、タイムカードを押して事務室を出た。

5

「何だか懐かしい感じがする部屋ね。学生の頃を思い出すわ、私もアパートで一人暮らしだったから」

アパートの部屋に入ると、涼子は本当に懐かしそうな表情で、しみじみと言った。

留美がこの部屋に来たときも、同じようなことを言ったのを思い出した。

明らかに異なるのは、留美のときは車の中でペニスを握られたり、マスターベーションをさせられたり、すでにエロいモードに突入してから部屋に来たことだ。

涼子は違うので、どうやってその気にさせるかが問題だ。できれば前みたいな強引なかたちは取りたくなかった。

「ちょっと待ってください。すぐパソコンを立ち上げますから」

雅弘はノートパソコンをテーブルに置き、電源を入れた。盗撮ファイルを入れたフォルダを開き、ファイル名だけの一覧表示になっているのを、画像がわかるようにサムネイル表示に変更した。

「ほら、ここに入ってるのがそうです。写真も動画も、全部ありますから」

ハンドバッグを手にずっと立ったまま見ていた涼子をパソコンの前に座らせると、その横でマウスを使い、画像を一枚開いて見せた。ブラジャーのカップをめくり、乳首が見えている写真だ。

「わざわざ見せなくていいわ」

「リストの小さい画像だと見にくいでしょ。一つずつ確認しながら消したほうが間違いないと思います」

「いいわよ、小さくてもだいたいわかるから」

雅弘は画像を閉じると、そのファイルを削除してマウスから手を離した。

「自分で消したほうが、納得いくでしょう」

涼子は代わってマウスを手に取り、最初から順に一つずつファイルを消していった。スマホと違ってパソコンは使い慣れていないのか、ゆっくり慎重な手つきで、選択と削除を機械的に繰り返している。

まとめて選択して一度に消してしまえば早いのだが、それは教えない。すぐ横にぴたりと貼りつき、モニターを見ているふりをして、操作する涼子のバストを眺めたり、こっそり匂いを嗅いだりした。

そうやって至近距離で接していると、乳房の手触りや弾力、秘貝の匂い、ヌメリ具合などが次から次へと蘇り、ムラムラしてたまらない。

ここは自分のアパートだから、誰かがやってくる心配もない。強引に迫るのはなるべくやめようと思っても、気持ちは昂るばかりだ。

とうとう我慢できなくなり、涼子がマウスを操作している上から手を重ねた。しっとり柔らかな感触に心が躍る。

「そんなノンビリやってないで、どんどん消していけばいいのに」

手を重ねたまま、ファイルを消していく。

「大丈夫よ、自分でやれるから」

ややかすれ気味の声から、涼子の緊張が伝わった。重ねた手をどけようとはしないので、雅弘も心地よい緊張感に包まれた。

「でも、こうやって削除しても、ごみ箱に移動しただけで、ファイルそのものはまだ残ってますからね。これを空にしておかないと……」

ごみ箱を開き、削除したファイルがたまっているのを見せてから、完全に削除して、最後にこうしておかないとダメだと教えた。モニターのほうを向いたまま顔を近づけ、最後はうなじに息がかかるようにして言った。

「わかってるわよ、そんな……いちいち言われなくても」

涼子の声はさらにかすれ、息をかけた瞬間に途切れた。だが、顔を離そうとはしないので、雅弘はますます高揚し、耳たぶに触れそうなほど唇を近づける。

「じゃあ、あとは自分でやってみてください」

重ねた手を離し、熱い吐息でささやくと、涼子は電流を通されたように肩を震わせた。だが、やはり離れずにいるので、彼もそのまま動かずにいた。

「近いわよ、富田君」

モニターを見つめたまま注意する声は、もうかすれていなかった。その代わり、甘い響きを含んでおり、これまで耳にしたことがない声だった。涼子も昂っていると思われ、雅弘はいっそう奮い立った。

「そうですね。近すぎますよね、これじゃ」

唇で軽く耳に触れ、熱い息をかけながら、両腕を回して抱きしめた。しなやかなボディが、腕の中でわななないた。マウスを操作していた手が止まり、体が強ばるのを感じた。

耳から頬へ唇を移動すると、ほんのわずかだが涼子の顔がこちらに向いた。その瞬間、すかさず唇を奪った。考えるより先に体が反応したような動きで、ぴたっと唇を重ね合わせた。

涼子がされるままなので、唇のすき間から舌を差し入れた。口内をさぐり、涼子の舌に触れると、表面をこすり、一気に深く絡ませた。彼女とキスできるなんて、最高の気分だ。留美のときとは明らかに違う感動が押し寄せた。

「んんっ……」

夢中で舌を動かしていると、彼女も絡ませてくれた。ねっとりこすり合わせ、舐め合っているだけで、瞬く間にペニスが勃起してしまった。

雅弘は天にも昇る思いで、Gカップのバストに手を這わせた。弾むような柔らかさが、ずいぶん懐かしく感じられた。やんわり揉みあやし、押し上げるようにしては、舌を絡ませる。

涼子はときおり舌の動きが止まり、甘い吐息を漏らした。ディープキスとバスト愛撫で感じているのが、ありありとわかる。雅弘の勃起もいちだんと力強さを増した。

しばらく舌を絡ませ合ってから、ようやく二人は唇を離した。雅弘はこのまま押し倒して合体したい欲求にかられたが、勢いを削ぐように、涼子は目をそらしてしまった。

「相変わらず強引なのね」

「そうでしょうか。涼子さんもその気だと思ったんですけど？」

「そんな、都合のいいこと言わないでちょうだい」

言っていることと気持ちにズレがあるような気がする。だが、セックスをしたあとで拒まれたときのような、不可解なものは感じなかった。本心を見せることをためらっているだけかもしれない。それならこのまま突き進めばいい。

「でも、もうその気になってくれましたよね」

「何言ってるの、そんなことな……」

否定する口を塞いで、再び舌を差し入れようとすると、涼子は唇を固く結び、それを拒んだ。なおも割り込もうと舌で突っつきながら、バストを揉みしだいた。さっきとは違い、絞るような荒々しい手つきで揉み回す。

「んっ……んんっ……」

涼子は唇を閉じたまま、鼻を鳴らして喘いだが、揉みながら指先で乳首を捉えると、結んでいた口が緩んだ。その瞬間を逃さず、舌を割り込ませる。

前歯のすき間をくぐって中に入れると、涼子の舌に触れた。すかさず弾いたりこすったり、激しく舌を使った。

彼女は動かしたりはしないが、引っ込めもしなかった。そこで激しい舌使いをやめて、表も裏も側面も、じっくりていねいに舐めこすった。

バストも揉みつづけ、乳首を責めることも忘れない。しだいに涼子の息が乱れ、体から力が抜けていくのを感じて、ますます気合いが入った。

「んあっ……はうっ……」

しばらく続けてから唇を離すと、涼子は潤むようなトロンとした目をして、大きく息をついた。

「ほら、こんなに感じてるのに、まだその気はないって言いますか？」

「ウソよ。別に感じてなんか、いないわ」

「それこそウソでしょ。もう、濡れてるくせに」

熱い息を吹きかけ、耳元でささやいた。たぶん間違いないだろうという自信はあった。涼子は首を振るが、弱々しいところを見ると、予想は的中しているようだ。

「アソコはもう、グチョグチョですよね」

「バカなこと言わないで。そんなわけないでしょ」

「じゃあ、確かめてみてもいいですね」

雅弘はすばやくスカートをまくり上げ、太ももの合わせ目に手を差し入れた。手荒なことはしたくなかったが、確信があったので、ためらうことなく行動に出た。

「あっ……何をするの……ああ……」

身をよじって抵抗するところを片手で抱きかかえ、かまわずグイッと手を突っ込むと、ショーツが指に触れた。さらに潜り込ませ、ワレメ付近に届いた指が、湿り気を感じた。念を入れて確認すると、間違いなくショーツは湿っていた。

「やっぱり濡れてるじゃないですか。それに、こんなに熱いですよ」

指摘したとたん、涼子の体から強ばりが消えた。すっかり観念して身を任せるように、全身の力が抜けていった。

6

雅弘は彼女をその場に横たわらせると、ショーツの脇から指をくぐらせ、スリットの濡れ具合を確かめた。グチョグチョというほどではないが、愛蜜でたっぷり潤っている。

「キスしてオッパイを揉まれただけで、こんなに濡れちゃうんですね」

涼子は黙って顔を背けた。うっすら開いた口で静かに息を吸い、ゆっくり吐いているが、胸は大きく波を打ち、荒い呼吸を何とか抑えようとしているのがわかる。

雅弘はそれを見おろし、愉悦感にひたりながら秘貝をいじり回した。指はあっという間に蜜液にまみれ、大陰唇の周りにまで塗り広げる結果になった。漏れ出す愛蜜の量はどんどん増えており、本当にグショ濡れになってしまった。

「ダンナさんが単身赴任していると、たまっちゃってつらいでしょう。キスしたり、ちょっと触られただけで、こんなに濡れちゃうなんて、欲求不満になってる証拠ですね。僕がすっきり解消してあげます」

「勝手なこと、言わないでちょうだい。欲求不満なわけないでしょ」

「だったら、元々がかなりエッチな体なんですね。ちょっとしたことで、すぐ淫らに反応しちゃうんだから……」

ヌメッた蜜穴をいじりながら、最後に中指をヴァギナに突き入れた。

「はうっ！」

涼子は声をあげ、背中をブリッジ状態にしてのけ反った。さらにえぐるようにかき回し、深々とピストンを繰り返すと、口をパクパクさせて、大きく悶えた。

「ほら、やっぱり」

期待したとおりに反応してくれるので、愉快でたまらない。

「ああっ、いじめないで……」

「いじめてなんかいません。涼子さんに気持ちよくなってほしいだけです」

「ダメよ、そんな……ああんっ……」

気持ちよくさせたいのはもちろんだが、いじめたいのも確かだった。涼子に卑猥な言葉を浴びせるたびに、体じゅうがゾクゾクする。彼女もそれでいっそう昂るらしいとわかっている。

留美のときと逆で、今の雅弘の立ち位置はS的だが、どちらであっても興奮する。

相手によってさまざまな刺激を享受することで、自分は成長していると感じるのだ。

「すごいな、涼子さんのオマ×コ、こんなにグチョグチョだ。いやらしい音がしてるけど、聞こえてますか？」

多量の愛蜜が淫靡な濡れ音を立てている。指の出し入れを激しくして、わざと派手な音をさせると、涼子はかぶりを振って悶え狂った。

「いやあっ……ああっ……いやああっ……」

指を二本にすると、濡れ音はさらに大きくなり、粘着感を増した淫靡なリズム音が響いた。

秘貝を責めながら、片手でブラウスのボタンを下まで外し、両肩をはだけさせる。ブラジャーもめくり下ろし、たわわな乳房をむき出しにした。

鷲掴みにして揉みしだき、なまめかしい弾力を味わう。どんなに歪ませても、手に貼りついたように元の形に戻り、もう片方はプリンのように揺れて、硬く立った乳首が不規則な曲線を描きつづけた。

乳首を摘まんで強くつねると、コリッとした感触とともに、ヴァギナが指を締めつけた。

「はくうっ！」

うめくような声をあげ、涼子の腰が跳ねた。雅弘は指の出し入れを速くして、乳房を荒っぽく揉みしだいた。

涼子の反応はますます淫らになり、甘い喘ぎ声が絶え間なく漏れている。腰がはしたなく乱れるので、手のひらで恥骨を押さえ、二本の指は屈伸運動に変えた。ヴァギナの強い締めつけをものともせず、手首のスナップを利かせて激しく突きまくる。

「ひああっ……あううっ……」

かぶりを振って悶える涼子は、大股開きで膝を立てたり伸ばしたりを繰り返した。両足の指は、まるで握りこぶしを作るかのように曲がり、快感の高まりを露にしている。

責めつづける雅弘も、興奮にいっそう拍車がかかり、我慢の限界が近づいてきた。そろそろ合体したいと思い、先に涼子のショーツを足から抜き取ると、ズボンとブリーフをいっしょにまとめて脱いだ。ペニスはすでに臨戦態勢で、天井を向いて雄々しくそそり立っている。

とろけそうな目をした涼子を抱き起こすと、テーブルに両肘をつかせ、背後に回った。今日はバックから突き入れようと、アパートに連れ込むときから考えていた。

留美と交わるときは、いつも彼女が主導権を握っており、体位はたいてい騎乗位か、屋外なら立位がほとんどだった。だから、涼子ともう一度セックスするチャンスがあれば、獣のポーズで突きまくりたいという願望が強かったのだ。

「屈んで、ケツを突き出してください。後ろから行きますよ」

ヒップを突き出した涼子に、雅弘はサオを握ってにじり寄る。スカートを腰の上までまくり上げ、濡れたワレメに亀頭をあてがい、位置を定めて腰を突き出した。

「くはあっ！」

ヌメッたヴァギナに亀頭が潜り込むと、甘美な摩擦感に包まれ、続いてサオも侵入していく。

温かな媚肉の感触を味わいつつ、ゆっくり奥まで深く突き入れると、涼子の背中が弓のように反った。なまめかしい肉の蠢きが、ヴァギナの奥と手前とで別々に起きており、入り口は強い収縮でペニスを締めつける。

「おおおっ！　りょ、涼子さん……ああっ……」

えもいわれぬ快美感に襲われ、思わず彼女の名を呼んだ。

涼子はノートパソコンの前で頭を垂れ、肩や腰を震わせている。

膣内の蠢動は絶え間なく続いているが、抜き挿しを始めると、とたんに感じられなくなった。摩擦感がヴァギナの微妙な動きに勝ってしまうのだ。雅弘はピストン運動をやめ、奥まで挿入した状態で、しばらくその妖しい動きを味わうことにした。

ペニスを包み込んだ無数の肉ヒダは、あちこちで不規則な動きを見せている。亀頭は上下に圧迫されたり柔らかく揉まれたり、サオは締められたり、奥へ引き込まれたり、といった具合にランダムに動くのだ。

「ああ……ああん……」

抜き挿したい衝動を何とかこらえていると、涼子は切なそうな声をあげて首を振り、肩をよじり、何だか落ち着かない様子だ。

そのうちに体が前後にゆらゆら揺れだした。ペニスがこすれて気持ちいいので、雅弘はそのままでいた。

すると、揺れはすぐに大きくなり、抜き挿しとあまり変わらない摩擦感になった。

彼がいつまでたっても動かないので、焦れてしまったのだろう。

「涼子さん、自分で腰なんか振っちゃって……やっぱりエッチな体だから、我慢できないんですね」

「いやあっ……ああんっ！」

指摘したとたん、涼子は激しく首を振った。だが、動きを止めないどころか、開き直ったように尻を強くぶつけてくる。雅弘も腰を使いたくなったが、自ら腰を揺らす彼女の姿が卑猥なので、動かずに眺めることにした。

「そんなにセックスが好きなんですか!? そりゃあ、欲求不満にもなるわけだ」

わざと呆れ果てたように言うと、涼子は髪を振り乱して悶え、なおも動きつづけた。

タイプは違うが、貪欲さは留美と変わらないかもしれない。

雅弘はもっといじめたくなり、静かに腰を引いた。ペニスがヴァギナから抜けてしまい、引き上げた釣り竿のように天井を向いた。

「ああ……」

涼子はため息を漏らし、尻を振ってペニスを求めるが、屹立状態ではどうにもならない。手を添えずに再結合は不可能とわかっていながら、雅弘は亀頭を秘貝に押しつけてやった。

涼子は懸命に蜜穴をあてがうが、そのままでは無理だと悟ると、後ろに手を伸ばしてペニスをさぐった。

「ああん……早く、ちょうだい……」

ものほしげな声でねだり、サオを傾ける。亀頭がいい角度で蜜穴に触れると、雅弘は腰を押し出した。

「くひぃ！」

細い声を絞り出し、またも涼子の背中が反り返った。勃起は奥まで突き刺さり、甘美な肉ヒダに包まれる。二、三回のピストンで、快感はさらに高まった。

だが、雅弘はそこからまた腰を引き、ペニスを抜き去ってしまった。

「ああん、ダメよもう……いじわるしないで……おかしくなりそう」

涼子は必死に訴え、体をひねってペニスをさぐった。雅弘としても中断するのは惜しいし、早く本格的なピストン運動で突きまくりたいのだが、腰を揺らしてわざとペニスを摑みにくくすると、体じゅうがゾクゾク震えた。彼女を焦らし、欲望を露にさせることで、いっそう興奮が高まるのだ。

ところが、涼子はちょっとしたすきにペニスを摑むと、しっかり握り直して秘穴にあてがった。

「あっ……あああーっ……」

確実に奥まで迎え入れると、満足そうな声が長く尾を引いた。

すぐに前後に揺れはじめたが、二度と抜かれまいと考えているらしく、ヒップを押しつけるような動き方をしている。

ペニスが気持ちよくこすられると、とうとう我慢できなくなり、雅弘も腰を使った。堰を切ったように、いきなり激しい抜き挿しで応じた。

「くはあっ！　ああっ……あんっ！」

涼子は肩を揺らし、髪を振り乱して悶えながら、なおも腰を揺らしている。自分から率先して夫以外のペニスを受け入れたせいか、人妻の欲望はすっかりむき出しになった。

「ううっ、すごい……締まり方が違う……」

ヴァギナの締めつけはいちだんと強くなった。まるでアソコがペニスを逃がすまいとして、しっかりくわえ込んでいるかのようだ。

屈んでGカップのバストに手を伸ばすと、ブラジャーははだけたままで、生の乳房が躍動していた。鷲摑みにして揉みしだき、ピストン運動を続けながら、柔媚な感触を味わう。

獣のポーズでペニスを出し入れしながら、荒々しくバストを揉むのは最高だ。ただ憧れるだけだった美人妻を、完全に自分のものにできた達成感にひたれる。

「涼子さん、こっちを向いて」

振り向いた彼女に唇を差し出すと、両手を突っ張って体を起こしてくれた。背後から抱きしめる体勢で唇を重ね、お互いに舌を伸ばして絡め合う。

バックでつながった状態だと、向かい合ったディープキスより、なぜか一体感が高まるような気がした。

しかも、激しく舌を絡ませたり、強く吸ったりすると、秘穴の内壁も連動しているように打ち震える。単身赴任中の夫を裏切っていることで、気持ちが昂っているに違いない。

「むはあっ……あんっ……ああんっ！」

ピストンの勢いで唇が離れたとたん、涼子は仰のいて首を振り、鼻にかかった甘い声をあげた。焦点の定まらない目が宙をさまよい、半開きの口からは今にも涎が垂れそうだ。

快楽の波に揺られ、まるで忘我の境地へ向かっているかのような風情に、雅弘は激しくそそられた。抱きしめていた腕を解くと、涼子の腰を摑んで一気にペースを上げた。腰を引き寄せるのに合わせてペニスを叩き込み、パンパンと派手な音を立て頂上へ駆け上がる。

「あんっ、あんっ、ああんっ！」

涼子はテーブルに突っ伏して、よがり声をあげつづける。秘粘膜がねじれるようにカリ首に絡み、締めつけはさらに強まった。微電流のようだった心地よい痺れも、急に激しさを増した。

「うっ……おおっ……で、出る……」

限界を越える瞬間、目も眩む浮遊感に襲われた。ペニスが力強く脈動し、大量のザーメンが何度も膣奥を打った。

「うくううっ！」

涼子は背中を反らして固まり、ヴァギナも痙攣するように震え、収縮した。ピストンをやめても、ペニスを引っ張り込むような蠢動はまだ続いている。雅弘は荒い息で、そのいやらしい感触を味わった。

しばらくしてペニスを引き抜いても、テーブルに突っ伏した涼子は、ぐったりしたままだった。大きな息づかいで背中が波を打ち、むき出しのヒップは小刻みな震えが断続的に起きる。

横座りで両足を投げ出しており、太ももの付け根をよく見ると、秘穴から白濁液が漏れ出していた。

雅弘はふと思いついて、ズボンのポケットからスマホを取り出し、カメラでこっそり撮影しておいた。あとで見ながらオナニーしようと考えたのだ。

涼子はようやく落ち着いてくると、ティッシュで後始末をして、身づくろいを始めた。背中を向けてショーツをはき、ブラジャーをきちんと着けて、ブラウスのボタンを留める。

留美とここで交わったときは、終わっても昂りが続いたままで、どうやって身支度を整えたかも覚えていない。だが、今は余裕があった。自分の部屋で人妻が身づくろいするところを眺めるなんて、最高の気分だ。

「また、こうやって会ってくれますか？」

涼子は背を向けたまま、黙ってブラウスを整えている。すぐに返事がないので、一瞬、不安がよぎったが、スカートの中にブラウスをたくし込みながら、彼女は言った。

「そうね。いいかもしれないわね」

振り向いた目に媚笑が浮かぶのを見て、胸が熱くなった。涼子との距離が一気に縮まり、これからも関係を続けられそうなので、雅弘の気持ちは大きく舞い上がった。

第六章　悩ましきノーブラ巨乳

1

翌日は夏休み最後のアルバイトのない日だった。雅弘はたまった洗濯物をバッグに詰め、コインランドリーに向かった。

雑誌を見ながら、終わるのを待っていると、留美からメッセージがあり、今日の午後、会おうと誘われた。

アルバイトが休みというのを彼女は知っているので、もしかしたらと思いながらも、涼子との関係が大きく進展したことから、これまでのように心待ちにしていたわけではなかった。だが、いざ誘われるとすぐその気になった。

もちろん、涼子にバレたら大変なことになるのは目に見えている。二股をかけられていると知って、彼女が受け入れるとは思えず、今度こそ完全に拒否されるのは間違いない。

にもかかわらず留美ともこのまま続けたいと思うのは、彼女とのセックスが異常な興奮をもたらすからであり、二人の人妻の間で上手く立ち回り、スリリングな状況を楽しみたいという気持ちもあった。涼子を大切にしながら、留美と密会している自分を想像すると、抑えがたい高揚感を覚えるのだ。

昼過ぎに留美がアパートの近くまで車で迎えに来てくれた。彼女と会うときはいつも同じパターンで、帰りも送ってくれる。最初は気を遣ってくれていると思ったが、彼女は近所の人に見られないように、二人でいるときは住まいの近くを避けているだけだ。そのことに気づいたのは、わりと最近だった。

「お昼ごはん、まだでしょう。何か食べたいものはある？」

「そうですね。前に行った鰻屋とか、どうですか」

「いいわね。そうしましょう」

留美はおいしい店をよく知っており、いつも奢ってくれるので、雅弘もだんだん舌が肥えてきた。その代わり、というわけではないが、彼女に言われたことは何でもやるので、〝待遇の良い下僕〟といった奇妙な感覚があった。

「何だか今日はウキウキしてるみたいね」

ハンドルを握り、ずっと前方を見ているはずの留美に言われ、ドキッとした。昨夜から涼子のことで気持ちがフワフワ浮き立っており、留美と会ってもまだ続いている。それを指摘され、焦ってしまった。

「どうしたの？　何かいいことがあったのかしら」

「それはもちろん、留美さんに会えたからですよ」

「ごまかしてもダメよ」

上手く言い繕ったつもりだが、彼女には通用しなかった。

「あの講師の人と、何かあったみたいね。正直に言ってごらんなさい」

カルチャースクールの女子トイレでの一件で、涼子のことを見抜いた彼女だが、その後はとりたてて何も言わなかった。にもかかわらず、今日はきっちり指摘してきた。あらためて女の勘の鋭さに敬服するしかなかった。

「確かに昨日、いいことがあって……」

留美は彼が他の女性と関係を持っても気にしないというか、そのほうが楽しいと言いきるくらい、開放的な考えを持っているらしい。それで雅弘は、昨夜の出来事を話して聞かせた。

盗撮ファイルのことだけは省き、アパートに連れて帰っていいムードになり、セックスしたことを話したが、彼女もその気になってくれたことを強調すると、留美は一人前の男として認めるように、頼もしそうな目で彼を見た。

「どんなセックスだったの？　もしかして、あなたがリードするかたちで？」

「まあ、そうかな……でも、リードっていうか、すごく感じてくれたので、成り行きでどんどん進んじゃったみたいな……」

「言ってくれるわね。また、じっくりアソコを見たの？」

「よく見たのは、終わってから、ぐったりしてるところだけど……」

白濁液が垂れるスリットをこっそり撮影したことは言わなかった。留美のことだから、言えば写真を見たがるに違いない。

「なんだ、それじゃつまんないじゃない。じっくり見てあげたら、彼女だってもっと悦んだはずよ」

「そうかなあ……」

「間違いないわ。彼女も見られて興奮するタイプなのよ」

留美は居酒屋で話したことをよく覚えていた。カルチャースクールの控室で涼子の秘貝を暴いたとき、見ているだけで愛蜜が溢れてきたが、それは羞恥をかき立てられて興奮したからだと断言した。

雅弘もなるほどそうだろうと頷いた。着替えを覗かれ、盗撮されたことに彼女は驚いたが、写真や動画を一つずつ見せると、顔を真っ赤にして恥ずかしさをこらえていたのだ。露骨な言葉を浴びせると昂るのも、同じことだと思われた。

「あなたが彼女とセックスしてるところ、見てみたいわ。彼女だけじゃなくて、あなたも人に見られて興奮する性質《たち》だから、きっと楽しいはずよ」

留美が急にそんなことを言いだして、言葉に詰まった。確かにそれは刺激的なシチュエーションであり、見ている留美自身も興奮するに違いない。だが、涼子が承知するはずはないし、そんなことを切り出せば、留美との関係を自ら暴露することになってしまう。あまりにも非現実的な提案だった。

「それはちょっと、無理でしょうね」

「わかってるわよ。言ってみただけ」

「なんだ、そうか……」

「あら、けっこうその気があったみたいね」

留美にクスクス笑われ、真剣に考えていた自分に気づかされた。彼女は軽い冗談だったとしても、もし実現したらどんなに素晴らしいだろうと、あらためて思った。

「教室で何かさせてみたら面白そうね」

不意に思いついたように、留美がつぶやいた。

「彼女に露出プレイをさせる、っていうのはどうかしら」

「露出プレイ!?」

「たとえば、ノーパンで水彩画の生徒の前に立たせてみたりとか……」

また突拍子もないことを言いだした、と思ったが、それもエロチックな刺激に満ちた、魅力的な提案ではあった。

「それなら私は無関係だから、あなたの説得しだいで、やらせることは可能じゃないかしら」

「またまたそんな、言ってみただけっていうんじゃないでしょうね」

「違うわ、これは本気で言ってるの。上手くいったら、面白いことになるわよ。間違いないわ」

さかんにけしかけられて、心が動きはじめた。涼子のことを〝見られて興奮するタイプ〟だと言った留美の言葉に、彼自身が納得しているからだ。

「どうすれば彼女に露出プレイをさせられるか、あとでじっくり考えてみようか」

「食事のあとで？」

「そうじゃなくて……」

留美は運転席から手を伸ばし、雅弘の股間を摑んだ。

「もっとあとで」

そう言って、摑んだまま前後左右に揺さぶる。以前やられたマニュアル車のシフト操作のような手つきで、ペニスはみるみる硬くなった。留美は握り直して亀頭部分を摑み、大きく揺さぶった。

「ああ……」

雅弘はうっとり息を吐いて、隣の車線に目をやった。だが、股間を覗かれるような車高の車は見当たらなくて、残念だった。

留美はずっと片手運転で勃起を弄んでいたが、不意にあっさり手を離した。

「さあ、美味しいウナギを食べにいくわよ」

我慢汁が漏れはじめたところで肩透かしを食らった雅弘は、盛り上がった股間をさすりながら、未練がましく左車線を眺めていた。

その日、セックスのあとで留美は、涼子に恥ずかしい思いをさせてみようと本気で言い、彼女なりの意見やアドバイスをくれた。おかげで雅弘もその気になり、涼子が言葉責めで興奮したことを話した。

留美は自分の考えにますます自信を深め、目を輝かせた。そして、面白いことを考えたと言い、彼に大胆なことを指示したのだった。

2

夏休みが終わり、週明けから大学は後期の講義が始まった。

久しぶりに顔を合わせた友人たちは、海外旅行やサークルの遠征旅行のみやげ話などで盛り上がった。雅弘はちょっと帰省しただけで、あとはずっとアルバイトだったので、話に食いついてくる者はいなかったが、自分こそが驚くような経験をしたのだと、誇らしい気持ちでいた。

(この中に人妻とセックスしたやつなんて、いないだろうな。しかも、二人もだぜ)

誰にも話さないことで、人知れず優越感にひたれる。おかげでこれまでとは違った、新鮮な気持ちで大学に通えそうだった。

週末が近づいて、涼子から連絡が入った。夫が帰ってくる予定だったが、都合が悪くてキャンセルになったので、いっしょに食事でもどうかというのだ。

二つ返事でOKしたが、当然、食事だけで終わるはずはないと思ったし、彼女から誘ってきたことで、二人の関係は確実に進展しているという実感があった。

土曜の夜、涼子が予約したフレンチレストランに行き、歳の離れたカップルのようにむつまじく食事をした。

以前の雅弘であれば、緊張して食事どころではなかっただろうが、留美に連れられて高級な店にも何度か入っているので、気持ちに余裕があった。

最初に彼女にワインはどうかと尋ねられたときも、「飲みすぎないように、グラスにしませんか」と答えると、涼子は「そうね」と言って、艶やかな笑みを浮かべた。

彼女も食事したあとのことを考えており、気持ちは通じ合っていると、雅弘は悦に入った。

夕食をともにしながら、すっかり充実感にひたった雅弘は、店を出ると思いきってホテルに行こうと誘ってみた。すると涼子は、知っている人に見られたらまずいので、雅弘のアパートがいいと言った。人妻との密会を強く意識した彼は、喜んで涼子を連れて帰った。

アパートに着くと、彼女は先週とはまったく違う態度を見せた。彼が何かを言う前にさっさと部屋に上がり、テーブルにハンドバッグを置いて、ベッドに腰をおろしたのだ。

それは何度もこの部屋に来ているような自然なふるまいであり、雅弘にとってうれしい驚きだった。彼女との関係は思っていた以上に確実なものになっており、胸に熱いものがこみ上げた。

「涼子さん……」

隣に座って肩に手を回すと、心地よい重みが寄りかかってきた。すかさず唇を重ね、舌を差し入れる。先日とは違い、最初から積極的に舌を絡めてきたので、ねっとり唾液を混ぜ合わせ、濃密なディープキスを味わった。

しなだれかかる涼子の体は、こんなにも柔らかいのかと、あらためて思った。雅弘は感動に震えながら、彼女をベッドに横たえ、ブラウスのボタンを外した。続いてブラジャーのホックを外すと、豊かなバストが解放され、くすんだピンク色の乳首が露になった。

「はうっ！」

雅弘が吸いつくと、甘い声をあげてのけ反った。感じやすいのは相変わらずだ。乳房を揉みしだきながら、乳首を吸ったり弾いたり、速攻で嬲りつくす。

「あはんっ、イイッ……ああっ！」

乳首に歯を立てたとたん、ブリッジのように背中が反り、しゃぶりついている雅弘を押し上げた。その力は意外なほど強く、快感の高まりを如実に表している。

あられもなく乱れる体を押さえながら、右も左も偏りなく責めつづけた。鼻にかかった甘い声は、やがて絞り出すような悶え声に変わり、低く唸るように響いたりもした。

たっぷりバストを責めまくってから、スカートの中に手をしのばせ、ショーツの股布をさぐった。すぐに湿り気が感じられ、中はかなり濡れているらしいと想像がついた。

ショーツを引きおろすと、腰を浮かせて協力するので、すばやく脱がせた。両足を開いてその間に陣取り、さらに大きく広げさせる。

「ああんっ……」

涼子が覆った手を摑んでどけると、空いている手でまた隠すので、それも引き離して秘貝をむき出しにした。

口を開けたスリットは、濡れて淫靡な光を放っている。花ビラのような小陰唇が、わずかに収縮して元に戻り、連動して秘穴もヒクッと蠢いた。部屋は明るいままであり、露骨なほどエロチックな光景に、雅弘は思わず息を呑んだ。

（ここからが、いよいよ本番だ）

脱がせたらすぐ触ったり舐めたりしないで、できるだけ羞恥を煽ったほうがいい、とアドバイスした留美の声が頭の中で聞こえている。

何もしないで見ていると、また小陰唇と秘穴がひくついた。そこには涼子とは別の小さな生き物がいて、見られるのが恥ずかしくて身を縮こめたような、奇妙な印象を与える。

だが、それは彼女の昂りの表れに他ならず、秘穴が震えるたびに、奥から透明な蜜が滲み出るのだった。

「またエッチな汁が出てきましたよ」

「いやあっ……」

「こうやってオマ×コを見られてるだけで興奮するんですね」

「ああん、ダメェ……」

涼子は身をくねらせて恥ずかしさに耐えている。彼女が見られるだけで興奮するなら、雅弘は卑猥な言葉を浴びせるだけで、体じゅうがゾクゾクする。ペニスは勃起して早くも臨戦態勢にあったが、しばらくは視姦に徹しようと、あらためて自分に言い聞かせた。

「こんなにすぐ濡れちゃうのに、ダンナさんが単身赴任でいないなんて、大変だったでしょう。ずっと一人エッチで紛らわしてきたんですか？」

あえて過去形で言ったのは、これからは自分がいるから大丈夫だというアピールのつもりだ。涼子は首を振ってオナニーを否定するが、我慢できるはずがないだろうと、想像はついた。

「ああ、ダメよ、いじわるしないで……」

「何もしてませんけど？」

「そ、そうじゃなくて……ああん、いじわる……」

腰をくねらせ、手足をバタつかせて身悶えするうちに、溢れた愛蜜は決壊して会陰へ滴り落ちた。

「エッチな汁が垂れて、スカートが汚れちゃいますよ」

脱がせたショーツを尻の下に突っ込み、スカートに染みないようにしてやる。それでも秘貝には触れないままだった。

「ああん、もういやっ……」

涼子は我慢できない様子で、彼が手を離したすきに、自ら秘部に触れた。これは面白くなったと思い、そのまま眺めていると、スリットに指を埋めて、濡れていることを確認する。たちまち指が蜜まみれになり、続いてクリトリスをこすりはじめた。

「はうっ……あうぅ……」

喘ぎ声とともに、腰がビクッ、ビクッとはね上がる。快感が電流のように体を走るのだろう。

両足を閉じて横に倒れてしまったので、膝を掴んで元の体勢に戻し、大股開きにさせた。涼子は包皮をむいて肉の芽を露出させると、円を描いてこすり回したり、指先で小刻みに弾いたり、忙しなくいじりつづける。

「そうやって一人で気持ちよくなるんですね」

「いやっ、恥ずかしい……」

涼子は大きく顔を背けるが、淫らな指が止まることはなく、あられもない姿を晒したままだ。愛蜜がさらに湧いて、アヌスへ滴り落ちた。

「エッチな汁がどんどん溢れてくる。いやらしいなあ、涼子さん。見られてると、メチャメチャ興奮するんですね」

指摘されて否定できない自分を恥じているのか、涼子はせつなそうな目で雅弘を見た。それから二度続けて頷くと、また顔を背けてしまった。

見られて興奮することを認めたせいか、指の動きが激しくなった。もう足を押さえる必要はなく、手を離しても大きく広げたままでいる。

雅弘はズボンとブリーフを脱ぎ、勃起をさすりながら高見の見物だ。涼子はまだスカートを脱いでおらず、愛蜜まみれの指で秘貝をいじくり回す姿は、これ以上ないくらい卑猥に映った。

「はくうっ……うあっ……ああんっ……」

よがり声をあげて、指の動きはますます速くなる。クリトリスをこすりながら、蜜穴にも指を埋め、出し入れを繰り返している。

腰が持ち上がると、指使いはさらに激しくなった。ブリッジ状態を保ったまま、頂上へ向かって一気に駆け上がる。

「あうんっ……イッ……クゥ……」

絞るように息を止めた直後、指も止まり、腰を浮かせたまま下半身が硬直した。

赤裸々なアクメを目の当たりにした雅弘も、興奮を抑えきれない。涼子が脱力して腰を落とすやいなや、股の間に陣取り、ペニスの先端を蜜穴にあてがった。

ヌメッた肉を亀頭でさぐり、一気に突き入れる。

「ひくうっ……うはあっ……」

奥まで侵入したとたん、強い締めつけに襲われた。肉ヒダがいやらしく蠢いて、もっと奥へ引きずり込もうとする。アクメを迎えた直後だけに、反応は敏感で顕著だ。

ピストンを開始すると、手前から奥までランダムに引き締まり、妖しい蠢動が繰り返された。勃起したまま待っている時間が長かったせいか、みるみる快感が高まっていく。

「おおっ、涼子さん……締まってる……すごい……」

「何よこれ……アソコがバラバラになりそう……はうんっ……」

腰の動きを速めると、肉ビラがサオにまといつき、めくれたり押し込まれたりする。

激しいピストン運動によって、愛蜜は白い糊のように濁り、これまでにもまして淫靡な粘着音を奏ではじめた。

「涼子さんのいやらしいオマ×コ……グチョグチョいってる……」

「くううっ、ダメ……またイッちゃう……」

涼子の腰が上下に波を打つようになった。気持ちよくて勝手に動いてしまうのだ。

ピストンを中断して、人妻の卑猥な腰振りを観察したが、彼女はそれには気づかず、腰をクイクイ振り上げながら、肉棒の刺さった秘貝を惜しげもなく晒している。

「ああん、いやあっ……」

ようやく気がついた涼子は、恥ずかしそうに首を振り、波打つ腰をストップした。

だが、止まったのはほんの一瞬で、またすぐに動いてしまう。快感に翻弄され、制御不能になっているようだ。

雅弘も射精が間近に迫るのを感じた。ここでこらえても長くはもちそうにないので、思いきり吐き出してしまおうと思い、涼子に覆い被さった。両肩をがっちり摑み、叩きつけるように上下に腰を使った。

「はううっ、またイク……イッ、クウーッ！」

「うおっ……おおおっ！」

雅弘の腰をブリッジで押し返し、涼子はアクメを迎えた。カリ首もサオも強い締めつけを受け、追いかけるように下腹から脳天へ快感電流が突き抜ける。力強い脈動が起き、立てつづけにザーメンが発射された。

硬直した二人の体は、力が抜けるとベッドに折り重なった。涼子は荒い息がなかなか治まらず、ヴァギナの震えはまだ続いている。雅弘も膨張を保ったまま、秘肉の妖しい蠢きを堪能する。

ようやく落ち着きはじめたところで、あらためて涼子を抱きしめた。唇を重ね、軽く舌を絡めて、熱い吐息が溶け合うのを楽しむ。

だが、そのまま甘いムードにひたるわけではなかった。

「目の前でいやらしいオナニーを見せてもらって、大興奮でした。涼子さんも、見られてかなり興奮してましたね」

耳元でささやくと、涼子は妖艶なまなざしを宙に向けて揺らし、こくりと小さく頷いた。さきほどの羞恥を思い出したように、目から頬のあたりがほんのり赤く染まる。

「露出で燃えちゃうタイプだったんですね。前からそんな気はしてたけど」

「知らないわ、そんなこと」

「実を言うと、僕もちょっと似たようなところがあるんです」

まさか、といった目で涼子は見つめ返した。近いうちに野外セックスをしてみたいと誘うと、ゆっくりと視線を外した。といっても、嫌がっているようには見えず、何か考えているふうだった。雅弘はそういうことを経験しているのか、想像したのかもしれない。

「そうだ、いいことを思いついた。来週の水彩画教室、こっそりノーパンでやってみましょうよ」

留美から言われていることを、ようやく切り出すと、今度は嫌そうに首を振った。

「そんなの恥ずかしいわ」

「濡れてグチョグチョになっちゃうから？」

「バカねえ。そんなことあるわけないでしょ」

「だったら平気でやれるはずです。オマ×コいじるところを見せたんだから、それに比べたら、どうってことないでしょ？」

やっぱり濡れてしまうのが怖いのだろうと、なおも食い下がると、そんなことはない、だったらやってもいいと約束した。最後は意地になったような言い方をしたが、彼女自身、スリルを味わってみたいという気持ちが、少しはあったに違いないと思った。

3

翌週、水彩画教室の日がやってきた。

雅弘は教室の準備をしている途中、五階の廊下で涼子を見かけ、声をかけた。

「先生、ちょっといいですか」

手招きして控室のほうへ呼ぶと、淡いグレーのワンピースの裾を揺らし、緊張の面持ちで歩いてきた。

いっしょに控室に入り、ドアを閉める。彼女は落ち着かない様子で、しきりに視線を泳がせている。やるとは言ったものの、いざこの場に来てみると、ノーパンで生徒に教える恥ずかしさを意識しないわけにはいかないのだろう。

「来た早々、急かすようですみませんが、よろしくお願いします」

雅弘は更衣ブースを指さして言った。

「本当にやるの？」

「もちろんです。約束したじゃないですか。さあ、早く脱いでください」

涼子をブースの中へ押しやり、ドアを開けたまま立ち塞がった。ちゃんとショーツを脱ぐかどうか確かめる、というより脱ぐところを見たい。

涼子はもうやるしかないと諦めたようで、屈んでワンピースの中に手を入れた。ひざの少し上にあった裾がするすると持ち上がり、太ももが付け根のあたりまで露になる。彼女がこんなミニスカートをはくことはないので、初めて目にする新鮮なショットだ。もしかすると、ヌードよりセクシーかもしれない。

だが、それはすぐに終わってしまい、再び太ももが隠れると、中から白いショーツが現れた。丸まって紐のようになった布を足から抜き取るのを待って、雅弘はすかさず手を伸ばした。

「それは預かっておきましょう」

「あっ!」

すばやく奪い取り、ズボンのポケットに入れてしまった。目の前で広げたりしなかったせいか、返してほしいと騒がれることもなく、すんなりノーパンにさせることができた。

「どうです、ノーパンになった気分は?」

「スカートの中がスースーする……すごく無防備な感じがして、恥ずかしいわ」

「でも、ミニじゃないんだから、そんなに恥ずかしくはないでしょ? 毛だって透けてないし」

雅弘は鼠蹊部の両脇を軽く押さえて確認したが、ヘアはまったく透けていなかった。スカート丈がひざの近くまであり、見た目はごく普通なので、誰もノーパンとは気づかないかもしれない。

「う~ん、こうして見ると、大したことないか……」

これでは露出プレイと言うには、もの足りないように思えた。

「いっそのこと、ブラジャーも取っちゃいましょうか。ノーブラで行きましょう」

「そこまでやるの?」

「透けてはいないから、ノーブラだって大したことないでしょ」

「でも……」

涼子はためらっている。ワンピース一枚だけで下は裸となると、いくら外見でわからなくても、恥ずかしすぎるのだろう。

「早くしないと、始まっちゃいますよ、先生！」

時計を示して急かすと、涼子は仕方なさそうにワンピースの前ボタンを外しはじめた。背中を向け、裸を見られないよう、片方ずつ袖を抜いて器用にブラを取る。

すでに全裸で交わった間柄だが、こういう場所で裸を見られるのは、恥ずかしさの感覚が異なるようだ。外したブラジャーは、雅弘に取られまいとして、しっかり摑んでいる。

「ほら、大丈夫でしょう。ノーパンにノーブラだなんて、服の上からではわかりませんよ」

鏡を指さして言うと、涼子は不安そうな目でチェックした。確かに乳首は透けていない。だが、ブラを着けてないGカップのバストは、ラインがいつもと違って下がり気味だ。雅弘はそれに気づいていないふりをしたが、彼女は当然わかっているはずで、顔にほんのり赤みが差した。

「もたもたしてると、遅れちゃいますよ。急いでください」

そう言われてもゆっくり静かにブースから出るのは、服の下で豊満な乳房が揺れるからだろう。

水彩画を受講しているのはほとんどが女性で、男性は中年と初老の二名だけだが、どちらかといえば彼らは、水彩画より涼子が目当てと思われる。ノーブラと気づいたら目の色を変えるに違いない。

涼子にしてみれば、男女を問わず、全員の視線が気になって仕方ないだろう。何かのタイミングで、ショーツのラインがないことに気づかれたら、それこそ一大事だ。美人講師が実は変態女だったと、かげでささやかれることになる。

「じゃあ、しっかりやってくださいね。健闘を祈ってますよ」

廊下に出て見送ると、涼子はゆっくり慎重な足取りで教室に向かった。これは露出プレイというより、羞恥プレイに近いかもしれない。

揺れるワンピースのヒップを眺め、雅弘はニヤリとした。涼子を他人の好奇の目に晒すことに異常な昂りを覚える。自分の中に、いままで知らなかったもう一人の自分がいたような、新鮮な気分だった。

エレベータに乗ると一人だったので、ポケットからショーツを取り出し、広げてみた。二重になった股布部分に、うっすらと細い筋のシミがあり、汗のような匂いに交じって、微かに甘酸っぱい媚臭がした。

秘貝そのものとは違う匂いだが、こっそり卑猥なことをしている実感がこみ上げ、股間が強ばるのだった。

4

いったん事務室に戻った雅弘は、途中だった入力作業の続きを始めた。少し仕事をしてから、水彩画教室の様子を見に行こうと考えている。

さっきの涼子の歩き方から想像すると、今日は教室内を動き回ることはせず、なるべく一カ所に留まって教えているに違いない。

そこで雅弘は、あらかじめメモ用紙に、もっと歩き回るように指示を書いておいた。言うことを聞かなければ、次はもっと露骨なプレイをすると、脅しも書き添える。あとで様子を見に行ったとき、事務室からの伝言を装って手渡すのだ。

しばらく作業をすると、頃合いを見て立ち上がった。

「空いている教室の掃除をしてきます」

のんびりしていて雑用を言いつけられては元も子もない。いちおう、掃除のモップは持って、エレベータで五階へ向かった。

水彩画教室の前で窓からこっそり中を覗くと、予想したとおりだった。生徒たちはイーゼルに立てかけた画用紙の上で鉛筆を動かしており、涼子はその後方に立って、彼らの手元を見ながら教えている。

(これならノーパン・ノーブラって、気づかれる心配はまったくないか……さすが、上手いことを考えたな)

雅弘は感心する一方で、読みが当たってメモが生きることに満足した。涼子がこの時間を上手く乗りきれると思っているところへ、メモを渡したらどんな表情を見せるか、それが楽しみだ。

男性の受講生は、二人とも前のほうにいる。今日は涼子がずっと後ろにいるので、残念がっているに違いない。

モップを壁に立てかけ、ポケットからメモを取り出すと、前方のドアを開けて中に入る。涼子と受講者全員の視線をいっせいに浴びた。

「先生、事務室から連絡です」

メモをかざして、涼子に前へ来るように促す。彼女はわずかに顔を強ばらせ、ゆっくりこちらに向かってきた。バストを揺らすまいと静かに歩いているが、どんなに気をつけても、Gカップの乳房が揺れないはずはなかった。

前にいる男性二人は、振り向いて涼子のバストを注視している。すでにノーブラと気づいているか、確信はなくても期待を込めて見ているようだった。

女性たちも多くが手を止め、彼女のバストや背中を見ている。ほとんどの生徒が、〝もしかして？〟と思っているのかもしれない。

もちろん、涼子がそれを感じないはずはないので、結果、教室の後方で教えることにしたのだろう。

ほんのわずかな間に状況を推察して、雅弘は背中がゾクゾク痺れた。すると、名案が閃いて、心地よい昂りが体じゅうに広がった。

涼子がメモを受け取る寸前、雅弘は手を離し、床に落としてしまった。

「あっ、すみません。失礼しました」

慌てた口調で言いながら、男性二人の表情をしっかり観察する。彼らの視線はメモを拾う涼子のヒップに吸い寄せられ、次の瞬間、初老の男は目を凝らし、中年のほうは目を見開いた。彼女が屈んだため、ショーツのラインがないことに気がついたようだ。

涼子はすぐに立ち上がり、メモを読んだ。指示の意図を理解して、わずかに眉をひそめると、ほんのり頬を染めた。顔を上げ、雅弘に向かって軽く頷いたが、視線は外したままだった。

「では、先生。よろしくお願いします。どうも失礼しました」

声をかけるとようやく目を合わせたので、おもむろにポケットから彼女のショーツを取り出し、首筋の汗を拭ってみせた。

頬や鼻に当てて匂いを嗅いでも、生徒たちにはクシャクシャに丸まったハンカチに見えるだろう。だが、涼子は目を丸くして、いっそう頬を赤らめた。

廊下に出ると、受講生たちはもう誰も雅弘を見ていなかった。後方のドアの前まで行き、窓から様子を窺っていると、涼子は彼を気にしてチラチラ見ていたが、ようやく教室内を歩きはじめた。

受講生たちの画用紙に目を配りながら、その間をゆっくり移動して回る。みな彼女の話を聞きながら手を動かしているが、男性二人の後ろ姿を見ると、気もそぞろといった感じで落ち着かないのがよくわかる。

涼子が脇を通ると中年男性の手が止まった。視線の先はヒップに違いない。彼女が前まで行って戻ってくると、初老の男も手を止めた。涼子は意識して彼ら二人を見ないようにしているようだった。

雅弘も揺れるバストに目が行った。すると、中心が微かにポツンと突き出ているのを発見した。乳首が立っているのは明らかだが、控室でノーブラになったときは、そうなっていなかった。みんなの視線を浴びて興奮したか、あるいはワンピースの生地でこすれて気持ちよくなったのか、もしかするとその両方かもしれない。

感じやすい涼子のことだから、アソコも湿っているに違いない。一歩踏み出すたびにヌルッとして、歩きにくいのではないか。ゆっくり移動しているのは、そのせいもあるだろう。

想像は膨らむ一方で、雅弘の股間も硬く膨張していった。

(教室が終われば、もっと楽しいことが待ってるよ)

彼女に恥ずかしい思いをさせようと言った留美の顔が浮かぶ。羞恥をこらえる涼子の姿を想像すると、もう仕事どころではなくなってきた。

5

それから教室が終わるまで、雅弘はそわそわ落ち着かない気分で、何度も腕時計に目をやっていたが、終了時刻が近づくと、待ちきれずに席を立った。

準備室へ行き、備品の奥に隠しておいたバッグを開けて、留美から預かった〝ある物〟を取り出した。ポケットに押し込むにはギリギリのサイズだ。それを持って、急いで五階へ向かう。

エレベータを降りると、ちょうど終わって受講生たちが部屋から出てくるところだった。涼子は時間きっかりに終わらせたようだ。

部屋に行くと、涼子は教卓に片手をついて、受講生たちが挨拶をして帰るのを見送っていた。雅弘は最後の一人が部屋を出るのを待って、涼子のそばに歩み寄った。

「お疲れ様でした。片づけを始める前に、ちょっと……」

「あっ！」

すばやくスカートをまくり上げ、太ももの間に手を入れた。淡い繁みの奥をさぐり、スリットに触れる。表面が湿っていたが、それだけではなかった。少し押すと、指がニュルッと滑った。ワレメの中に淫汁がたまっていたのだ。

「すごいなあ、こんなに濡らしちゃったんですね。やっぱり、言ったとおりじゃないですか。何やっても、すぐ濡れちゃうんだから」

「だって……ああんっ！」

指がすんなりヴァギナに入ってしまい、涼子は甘い声をあげて腰をくねらせた。

「ダメですよ。そんな声を出したら、誰か来ますよ」

なおも指でこねると、腰をふらつかせながら、必死に声を殺している。雅弘はたっぷりかき回してから引き抜くと、ポケットにしまっていたものを取り出して見せた。

「これだけグショ濡れだったら、入りますよね」

それは留美から渡された、長さ七、八センチの小型バイブだ。無線で操作できるので、ノーパンにさせるだけでなく、これを使えばもっと面白いことになると言われた。

「そんなもの、どうしようって言うの？」

「これを挿入してもらって、涼子さんが降りる駅まで、いっしょに帰ろうと思ってます」

涼子は眉を寄せたが、あまり驚いているふうでもない。小ぶりであることと、見た目ではバイブレーターとわからないからだろう。

だが、それを教えるのはとりあえず後回しだ。装着するように言って渡し、雅弘は廊下に顔を出して誰もいないことを確認する。

「早くしてください。人が来て、そんなもの持ってるのを見られたらマズイですよ」

涼子は仕方なさそうに背中を向けると、裾をまくって中腰になった。挿入するところは見えなくても、教室で彼女にそんなことをさせている愉悦感は大きい。

装着を終えた涼子にショーツを返してやり、あと三十分くらいで仕事が終わるので、一階のディスカウントショップで待つように言った。

彼女はまた背を向けてショーツをはき、部屋から出ていった。歩き方はゆっくりだが、ノーパンのときほどではない。それを見届けてから、雅弘は片づけを始めた。

その日の仕事を終えてディスカウントショップに行くと、涼子はサプリメントのコーナーにいた。いくつか商品を手に持っている。

「お待たせしました。それ、買うんですか？」

「ええ。すぐすませるから、出たところで待っててね」

「その前に、ちょっと……」

レジへ行こうとする涼子の肩を摑み、誰にも見られていないことを確認して、すばやくスカートの上から股間をさぐった。

「ちゃんと入れたままにしてますね。感心、感心」

「やめてちょうだい、こんなところで」

涼子は腰をよじって彼の手を逃れ、レジへ向かう。そこでリモコンのスイッチを入れた。

「うっ……」

短いうめき声とともに、涼子の足が止まった。わずかに腰を落としたが、それだけですんだのは、棚に手をついて支えたからだ。期待どおりの効果に笑みが漏れる。

「どうかしました？」

涼子は唇を引き結び、恨めしそうな目を向けた。雅弘はリモコンをいったん強にして、彼女の表情が歪むのを見てから切った。

「早くレジへ行ってきてください」

だが、彼女は少し考えて、商品を棚に戻してしまった。

「もういいわ。帰りましょう」

レジに並んでいるときにスイッチを入れられることを警戒したのだろう。

だが、店を出て駅に向かっている途中、またバイブをオンにした。涼子はふらつく足取りで街灯のポールに縋りつき、うな垂れた。

「大丈夫ですか？」

「こんなところで……イタズラしないで……」

顔を上げられず、消え入りそうな声で訴える。

「ブルブルして、本当は気持ちいいんじゃありませんか」

「あぁっ、許して……お願い……」

その声があまりになまめかしくて、この場で即座に合体したくなるほどだった。

だが、涼子はポールにしっかり摑まっており、このままバイブレーションを続けても面白くないのでスイッチを切った。やはり興奮させられるのは、不意にオンにした瞬間の反応だった。

再び歩きだすと、涼子はポケットに入れた彼の手が気になる様子だ。いつスイッチを入れられるか、戦々恐々としているのは間違いない。バイブをオンにしなくても、そのシチュエーションだけで十分楽しめた。

駅に着いて改札に入っても、まだスイッチを入れずにいたが、階段を上がってホームに出たところでオンにした。

涼子はいったん立ち止まったが、ベンチが空いているのを見て、フラフラと歩きだした。気づいた人が怪訝そうに見ているが、それどころではなさそうだ。

何とかベンチにたどり着いたところで切ると、ふうっと大きく息を吐いた。

「みんなに変な目で見られてましたよ」

それには応えず、うつむいたまま首を振る。唇を嚙み、目尻にはうっすら涙が滲んでいる。だが、突然ハッとなって立ち上がると、ワンピースの後ろを手で触った。

「どうしたんですか？」

雅弘は言ったあとで気がついた。スカートに蜜液が染みていないか、心配になったのだ。実際には染みていないが、心配になるほど濡れているようだ。

涼子の降車駅までいっしょに行くと伝えた雅弘だが、彼女のマンションまで送って、部屋に入りたいというのが本音だった。家に行きたくても、涼子はなかなかＯＫしてくれないが、これだけ感じていれば、成り行きしだいで可能かもしれない。

涼子はベンチに座らずに次の電車を待ち、乗り込むとドア付近の手すりに摑まった。いつスイッチを入れられるかと身構えているようで、しっかり摑まってドアに寄りかかっている。

しばらくこのままにしておくことで、彼女自身が勝手に興奮をかき立てるのではないかと思い、雅弘は離れたところに立って、何もせずに二駅をやり過ごした。その間、涼子はずっと身を固くしていた。

彼女が降りる駅がだんだん近づいてきて、ようやくバイブをオンにすると、手すりを握る手にギュッと力が入った。腰がくねりだすのを我慢しているというか、尿意をこらえているふうでもあった。

だが、事情を知っている雅弘だからそう見えるだけで、他の乗客は誰も気にしていないようだ。それならばと思い、スイッチを入れたままにした。

涼子はうつむいて目を閉じ、懸命に耐えている。周りに変な目で見られまいと、必死な様子が伝わってくる。

イジワルな気持ちが高まり、スイッチを強にしたり、いったん切ってまたオンにしてみたが、そうこうしているうちに彼女の降りる駅に到着してしまった。

バイブを切っていっしょに降りようとそばに寄ると、涼子はドアが開いたとたん、早足で階段に向かった。雅弘もあとから階段をおりると、トイレに入っていくのが見えた。

（バイブが気持ちよくて、ヤバいくらい濡れたんだな）

個室で懸命に淫汁を拭き取る姿を想像しながら待っていると、だいぶたってから涼子が出てきた。ふつうの足取りに戻ったが、余韻はまだ残っているようで、雅弘と目が合うと、少しはにかんだ表情を見せた。

バッグを開けて、ミニタオルに包んだバイブを黙って返してよこした。受け取ると、涼子の頬がみるみる紅潮していく。

「家まで送りましょうか」

ドキドキして、声がうわずってしまった。

涼子は彼の目を見ずに首を振った。

「今日はもう……」

つぶやくような小さな声で言うと、踵を返して小走りに改札を出ていった。

その姿を目で追う雅弘は、見えなくなっても、しばらくそこから動けずにいた。

第七章　肛虐バイブ責めの衝撃

1

逃げるように改札を出ていった涼子のことが、雅弘は気になっていた。バイブを挿入して電車に乗るというのは、刺激が強すぎただろうか、と思いはじめたのだ。

ところが、その二日後、涼子から願ってもない誘いがあった
「今度の土曜日だけど、よかったら私の家にいらっしゃい」

ようやく希望がかない、雅弘は有頂天になった。ノーパンもバイブも、やりすぎではなかったことが、これではっきりした。羞恥プレイを彼女は受け入れたのだ。

自宅に招かれて今度はどう責めようかと、早くも胸がワクワクしてきた。バイブは

昨日、留美に言われて返したが、もう少し借りておけばよかったかもしれない。

そんなことを考えていると、今度は留美からメッセージがあった。旦那が急にゴルフに駆り出され、土曜は夕方まで暇になったから会おうというのだ。

予定が入っていてダメだと伝えると、私の誘いを断るなんてどういうつもり？　と絡んできたので、涼子の自宅に招かれたことを正直に話した。

留美は最初は信じなかったが、わざわざそんな嘘をつく理由もないので、納得するしかなかったようだ。その代わり、次に会ったときは私の好きなようにさせてもらうから覚悟しなさい、と捨て台詞のようなメッセージが来た。いつも好きにしているくせに、と言いたいところだったが、そのまま受け流した。

そして土曜日、指定された午前十時に自宅マンションを訪ねると、涼子はゆったりしたスモック風のワンピースで迎えてくれた。くつろいだ雰囲気の部屋着でも、彼女らしく品がある。

リビングダイニングに通された雅弘は、人妻の自宅にこっそり上がり込んだことをあらためて思った。

「こんな広いところに住んでるんですか。すごいなあ」

「あまり物がないから、広く見えるだけよ」

きれいに片づけられ、清潔感がただよう室内は、確かによけいなインテリアはなく、とてもシンプルな印象だ。

「あとでおいしいランチを作ってあげるから、いっしょに食べましょう」

「はい。ご馳走になります」

セックスのことしか頭になく、彼女の手料理を食べられるなんて想像もしなかったので、大きなオマケがついてきたようでうれしい。

ローソファを勧められて腰を沈めると、涼子も横に座り、柔らかな重みを預けてきた。腕を回して抱きとめ、頰を寄せ合う。

いつもの甘い蜜のようなコロンの香りはせず、石けんの匂いが鼻腔をくすぐった。雅弘を迎える前にシャワーを浴びたのだろう。アソコもこの匂いがするのかと思うと、早く裸にして秘部に顔を埋めたい衝動に駆られた。

媚臭がただようスリットも煽情的だが、石けんの匂いには男を迎える意志がこめられ、清潔感とは真逆とも言える淫靡な雰囲気が、かえって高まるのだった。

頰にキスしようとすると、涼子がこちらを向いたので、自然に唇が重なった。なぜかこれまで以上に柔らかな感触だ。涼子は表面をそっと滑るようにして、唇のあちこちを移動する。雅弘もそれを真似て、触れるか触れないかといった軽い接触をキープするようにした。

戯れるような甘いムードがただよいはじめ、昂りに突き動かされるようなディープキスとは違う、キスそのものを楽しもうという気持ちが雅弘の中にも生まれた。いかにも大人のキスという感じがして、うっとりしてしまう。

しばらくすると、涼子は舌を差し出し、彼の唇をチロッと舐めた。雅弘も同じことをすると、交互に何度か舐めたあとで、自然に舌が重なった。ここでもやはり深く絡めたりはせず、先のほうを弾くようにじゃれ合う。

だが、温かい吐息が混ざり合うと、しだいに気持ちは高まり、どちらからともなく深く舌が入った。最初はゆっくり舐め合い、たまった唾液を啜り合ううちに、どんどん激しくなる。

鼻息も互いに荒くなり、ときどき歯がぶつかるが、それが昂りに拍車をかけた。無意識にバストに手が伸びて、押し上げるように包み込む。

「んっ……」

くぐもった声とともに、涼子の舌が止まった。バストをやんわり揉みあやすと、再び動きはじめた舌は、雅弘の口内を泳ぐように暴れ回り、熟れ妻の愛欲がいよいよ露になった。

雅弘の手つきもしだいに荒くなり、鷲摑みにして揉みしだいた。豊満な柔肉が手の中で弾み、大きく歪む。手のひらに突起が感じられ、指で弾くと涼子は体をくねらせた。

「んむうっ！　はふっ……」

深い吐息と甘い鼻声を漏らし、またも舌がストップした。もう喘ぐばかりで、動きだす気配はない。

背中に手を回し、ジッパーをさがして引き下げると、腰の少し上で止まった。果物の皮をむくように、両肩をはだけさせると、そのまま肘のあたりまでストンと落ちて、パープルカラーのブラジャーが現れた。

その直後、インターフォンが鳴り、雅弘はドキッとして息を吞んだ。

2

「誰かしら……」

涼子は首を傾げたが、雅弘のように緊張はしていないようだった。はだけたワンピースをすばやく直すと、宅配じゃないわよね、とつぶやいて立ち上がり、背中のジッパーを締めた。

インターフォンのモニターは、キッチンの横の壁にある。そこまで行ってモニターを見たとたん、涼子は驚いて口を押さえた。

「えっ!? どうして……」

一転してうろたえる彼女を見て、雅弘はいっそう不安を強くした。

(まさか、急に旦那が帰ってきたのか……)

予定が変わって帰れることになったが、サプライズで妻を歓ばせようと思い、知らせないできたのかもしれない。そうだとすれば、とにかく隠れるしかない。

玄関へ靴を取りに行く途中、とりあえず涼子の夫の顔を見ておこうと思い、モニターを覗き込んだ。映っていたのは男ではなく、長い髪の女、川野留美だった。

(何でだ!?)

ビックリしたどころの話ではなく、状況がまったく理解できない。彼女は何をしに来たのか。というより、どうして涼子の自宅を突き止めることができたのだろう。カルチャースクールの常連だから親しいスタッフも多いが、講師の個人情報など教えるはずがない。

「どうぞ、入って」

いつの間にか涼子は落ち着きを取り戻しており、エントランスのロックを解除した。

そして、留美が中に入るのを確認してから玄関へ向かった。

雅弘はそこでようやく、涼子の態度が妙なことに気がついた。モニターの留美を見て、彼女はうろたえた。自分の教室の生徒でなくても、留美のことは知っていたらしいが、自宅まで訪ねて来られたら、うろたえるより訝しむのが普通ではないのか。しかも、ロックを解除して中に入れたのだ。

（二人は知り合いだったのか……!?）

これまでの留美の様子からは考えにくいことだが、どうやらそうらしい。留美とも関係を持ったことを、涼子は知っているのか。それがいちばん気になることだった。

涼子が玄関の内鍵を外して待っていると、ドアチャイムを鳴らさずに留美が入ってきた。

「どういうこと？」

「雅弘からいろいろ聞いているうちに、妬《や》けてきちゃったの。私より涼子のほうがいいみたいだから」

「そんなことで、わざわざ邪魔をしにこなくたって……」

「そういうつもりできたんじゃないわ」

楽しそうに笑う留美は、さっさとスリッパをはくと、茫然と立ちつくす雅弘の前を、ウインクをして通りすぎた。そのあとを涼子がついていく。

ついさっきまで涼子と甘い時間を過ごしていたソファに、二人は腰をおろした。

「雅弘君にはまだ話してなかったでしょ」

「これから話せばいいわ。雅弘、こっちにいらっしゃい」

呼ばれてリビングダイニングに戻り、涼子の隣に座ると、留美がこれまでの経緯を話しはじめた。

二人は学生時代からの知り合いで、涼子の勧めで留美がカルチャースクールを受講するようになってから、いっそう親密になったという。

涼子は夫が単身赴任する前からセックスレスで、留美は若い男と遊ぶようにけしかけたそうだ。いかにも肉食系の彼女らしいが、その際、こんな男がいると、喫茶店でウェイターをしている雅弘の話をした。ちょうど店を閉めるのが決まって、次のバイトを探さなければと思っていた頃のことだ。

涼子が興味を示したので、彼にカルチャースクールのアルバイトを紹介すると、うまく事が運んで働けるようになった。だが、親しくなってから普通に誘うのでは面白くないだろうと、留美が横槍を入れ、彼のほうから手を出すように仕向けることにしたそうだ。

そして、涼子が着替えを覗かれたことに気づき、その偶然を利用して雅弘を焚きつけることに成功した。つまり、駐車場でヒップにタッチしたり、ショーツの上からワレメに触れたのも、彼女の巧妙な仕掛けにはまった結果ということになる。

あのときの雅弘は、緊張と興奮でドキドキしっぱなしだったのに、実際は彼女の手の上で踊らされていただけだった。もっとも、今となってはすべて結果オーライなので、がっかりすることはない。

涼子とセックスしたあとで、彼女が避けるようになったのは、留美が今度は私の番だと言いだしたからだという。涼子の報告を聞いているうちにムラムラして、我慢できなくなったのだ。

そうして留美も関係を持ってからは、雅弘本人には内緒で共有することにしたそうなので、留美がこうやって訪ねてきたことが、涼子には理解できないらしい。

「隠しておくのもスリルがあっていいけど、そのうちに慣れてしまって飽きると思うのよ。それより、このへんで種明かしして、別の楽しみ方をしてみたいなって」

留美とそう言って、雅弘をチラッと見た。

「何よ、別の楽しみ方って？」

「それはもちろん、みんなで楽しもうってこと」

「みんなでって、冗談でしょ、そんな……」

提案した留美は、すでに3Pを経験しているのかもしれないが、涼子は拒否反応を示した。雅弘はもちろんやってみたい。

前に留美は、涼子とセックスしているところを見てみたいと言った。あのときも見るだけとは考えていなかったのだろうが、いずれにしても涼子にそんな話をしても断られるのは明らかだった。

だが、こうして三人が顔を合わせてしまえば、何とかなるかもしれない。留美もそう考えて訪ねてきたに違いない。

そのためには雅弘が連係することが必要だが、留美が何か言いたそうに彼を見ているのは、協力を促す意味なのかもしれない。

「みんなでっていうのは、とりあえず横に置いて、涼子さん、さっきの続きをやりましょう」

「あっ……んむっ……」

留美に目配せして、涼子の唇を奪った。突然のことで涼子は抗おうとするが、すぐに舌を入れて絡めると、だんだんと力が抜けていった。なすがままというほどではないが、雅弘を拒もうとはしない。

ねっとり絡めたり吸ったりしているうちに、留美の視線を強く意識して、気持ちが昂ってきた。舌の動きが彼女にわかるように少し唇を離すと、涼子もつられて差し出したので、細かい動きで弾くところを見せつける。とたんに顔がカーッと熱くなり、下腹の肉棒が突っ張りだした。

「雅弘ったら、舌使いがずいぶん上手になったわね。そんなによく動くのを見せられると、ますます妬けてきちゃう」

「んあっ……ああっ……」

横で留美が落ち着いた声で言うと、涼子は喘ぐように息を吐いた。雅弘は強く舌を吸い、バストに手を這わせた。

柔らかな弾力に満ちた豊乳を、絞るように揉み上げる。その手にも留美の視線を意識して、じっくりいやらしい揉み方をしてみせる。

涼子はますます力が抜けてきたが、不意にピクッと強ばったり、腰がくねったりして、快感の高まりを教えてくれた。ワンピースの上からでも乳首の突起を感じるようになり、やや強めにこすると、喘ぎがさらに大きくなった。

「ふむうっ……んんんっ……んあっ……」

腰のくねりが不自然に強まったので、どうしたのかと思って見ると、留美がワンピースの裾から手を入れて、秘部をまさぐっている。見ているだけでは我慢できず、早くも参戦してきたのだ。

しかし、涼子はやはり3Pに抵抗があるようで、腰をよじって彼女の手から逃れようとしている。雅弘は抗う間を与えないように、いっそう激しく責め立てようと考えた。

3

背中のジッパーを下げて両肩をむき出し、ブラジャーのホックも外した。乳房を露出させると、すばやく乳首にむしゃぶりついて強く吸い、舌でこすりまくる。

「はうっ……くひっ……」

暴れようとする上半身を押さえ、さらに歯を立てて乳首をいらった。涼子は腰をうねらせたり、よじったりと忙しない。

「あうっ……ダメよ、留美……あぁん……」

涼子が慌てたのは、ショーツを下げられたからだった。留美はさっさと脱がせてしまい、裾をまくって陰毛を露わにさせると、向かい合わせにしゃがんで秘裂をじっと見つめ、口元を緩めた。その表情がいかにも好色そうで、どうやら女性にも興味がありそうだった。

3P願望というのも、女二人で雅弘の相手をするより、彼といっしょに涼子を責めたい気持ちのほうが強いのかもしれない。

乳首を責めながらそんなことを考えていると、彼女は涼子の足を開かせ、目を輝かせて秘裂に見入った。

「いやっ……ああん、恥ずかしい……」

「さすがね、涼子。もうこんなに濡れてる」

「ダメよ、見ないで……留美ったら……やめて」

雅弘が手首を摑んだので、涼子は秘部を晒したままだ。小陰唇がヒクヒク動くさまが目に浮かぶ。

「雅弘にはたっぷり拝ませたんでしょ。私にもよく見せてほしいわ」

留美は足を閉じられないように押さえ、顔を近づけて覗き込んでいる。涼子は顔を上げてそれを確かめると、激しくかぶりを振った。

「いやん、ダメェ……」

「ラブジュースがこんなに出てる。いつもグチョグチョになるって聞いたけど、ホント、濡れやすいのね。あら、奥のほうからまた湧いてくるわね」
留美は秘部を眺めて冷やかすだけで、なかなか触れようとはしなかった。雅弘も恥ずかしい言葉で涼子の羞恥を煽るのが好きだが、留美にも自分と似ているものがあると感じてうれしくなった。

「すごいわ、こんなに溢れてきた。ちょっと雅弘、スカートに染みちゃうから、きれいに舐めてあげなさい」

「やっぱりそうですか。放っておくと、肛門まで垂れちゃうんですよね」

雅弘も調子を合わせて冷やかした。涼子は大きく顔を背けてしまった。

ソファから下りて正面にしゃがむと、留美が足を押さえたまま横にずれたので、二人して涼子の秘貝を覗く恰好になった。小陰唇は開ききっており、充血した秘肉がたっぷり蜜汁をたたえている。

「うわっ、これはすごい！」

大袈裟に声をあげたとたん、秘貝がヒクッと縮こまり、たまった汁がしたたり落ちた。慌てて顔を近づけ、舌ですくい取ると、ピリッとした酸味と同時に、淫臭が鼻腔に侵入した。いやらしい匂いは美貌にそぐわないが、それがたまらなくそそられる。

「んんっ……むうっ……」

涼子はくぐもった声を漏らし、腰をくねらせる。雅弘は蜜汁を舐め取ると、さらにクリトリスにも舌を伸ばした。

反応はさらに大きくなり、腰が波を打った。太ももを懸命に押さえ、横で留美もいっしょに押さえてくれる。それでも敏感な標的は動いてしまって舐めにくいが、追いかけるのも面白いので、もっと感じさせてやろうと、いっそう激しく舌を使った。

そのうちに口の中は涼子の媚臭でいっぱいになり、吐く息まで匂っている感じがした。

「せっせと舐めないと、エッチなお汁があとからどんどん滲み出てくるわね」

「これじゃ、キリがないです。舐めれば舐めるほど、溢れちゃうんで」

「ホント、しょうがないわね、涼子ったら」

呆れた言い方で、さらに羞恥を煽る。涼子は両手で顔を覆って必死にこらえるが、下半身は無防備に晒したままだ。

すると、留美は押さえていた太ももを離し、ソファに並んで腰をおろした。雅弘は両手で涼子の太ももをしっかり抱え込み、クンニを続行する。舐めるだけでなく、舌を尖らせてヴァギナを突っついたりもする。

「う～ん、この揉み心地、たまらないわ」

うっとりした声に顔を上げると、留美がたわわな乳房を揉みあやしていた。愛撫というより、手触りを楽しむような揉み方だったが、しばらくして乳首を転がしはじめた。同性の感触や感度を確かめているみたいだ。

クリトリスとスリットを責めながらこっそり観察していると、留美はとうとう乳首に吸いついた。直接見えるわけではないが、口の動きによって、舌と歯で乳首を責めているのがわかった。

「ふむっ……んんんっ……」

涼子は顔を覆った手で口を押さえているらしく、喘ぎ声を殺して、くぐもった声だけが漏れる。

雅弘も負けじと、懸命にクンニリングスを続けた。涼子は腰のくねりも波打ちも大きくなり、いくら声を押し殺していても、高まる快感は隠しきれない。

留美はやがて、乳首に吸いついた状態で、はだけたワンピースを腰のあたりまで脱がせた。あとは雅弘がやるように、しきりに手で合図するので、クンニをいったん中断して脱がせる。

めくれたブラジャーのストラップが腕に引っかかっており、それは留美が取り除いた。涼子は拒むこともなくされるがままで、とうとう全裸になった。

「やっぱりスタイルいいわね」

「そんなにじろじろ見ないで。恥ずかしいじゃない……」

乳首と淡いアンダーヘアを手で隠すが、留美は無理にどけようとはせず、舐めるように全身を眺めている。雅弘は脱がせた服を傍らに置くと、そんな二人をひざ立ちで見比べた。

「何言ってるの、涼子だってヌードモデルで十分通用するくらいなんだから、恥ずかしがらずに、堂々と見せればいいのよ」

そう言って、留美は雅弘に向き直った。

「前にヌードモデルの仕事をしてたって言ったでしょ。それで美大生だった涼子と知り合ったんだけど、自分だってスタイルいいんだから、ヌードの自画像を描いてみたらって勧めたのよ」

ところが、自画像だから人前で裸になるわけではないのに、自分の裸の画を人に見られるのも恥ずかしいと言って、相手にしなかったそうだ。

「そうだったんですか」

雅弘は最初、全裸の留美をモデルにして、涼子が描いている場面を思い浮かべたが、それよりも涼子が自分の裸を描いているほうがエロチックだと気づいた。誰にも見せない、自分のための裸体画として描くなら、鏡の前で涼子はどんなポーズを取るだろう。そう考えると、刺激的な想像がいくらでも広がるのだった。

4

「雅弘も着ているものを脱ぎなさい」

留美の視線が、ズボンの前の膨らみに注がれる。雅弘を裸にさせ、二人が交わるところを見たいらしい。自分が加わるのは、たっぷり鑑賞したあとにするつもりでいるのだろう。

雅弘は素直に従い、上も下も脱いで裸になった。屹立する肉棒に、留美と涼子が見入った。留美は手招きをして、涼子の足を広げさせる。

涼子はすんなり足を開いたが、秘部を覆った手は離さず、羞恥と不安が入り混じった顔で、ペニスと留美を交互に見つめている。彼女の目の前で雅弘を迎え入れることに、まだためらいを感じているようだ。

だが、迷っている間はなかった。雅弘が近寄ると、留美はサオを摑んで亀頭を秘穴にあてがい、揺らしてこすりつけた。心地よいヌメリが先端からサオの根元へと伝わり、突き入れたい衝動に駆られる。

「入れるのは、まだよ」

挿入のタイミングを決めるのは私だと言わんばかりに、留美からストップがかかる。

彼女はサオを動かして膣口や小陰唇、クリトリスをこすりつつ、涼子の様子を窺っている。そうやって焦らしているらしく、羞恥と不安のはざまで揺れていた涼子の表情は、しだいに眉を寄せ、せつなげな色を濃くしていく。

その微妙な変化に、雅弘はそそられた。だが、焦らされているのは彼もいっしょだ。早く突き入れたくて仕方がない。

「ああ、留美さん……」

思わずつぶやいてしまい、留美に哀願の視線を送る。

「もう我慢できなくなった？」

「早く入れたいです」

「あんなこと言ってるけど、涼子はどう？　もう入れてほしい？」

黙って頷く彼女に、留美は淫蕩な笑みを浮かべた。

「じゃあ、おチ×ポを入れてって、雅弘にお願いしたら？」

同時に雅弘を睨んだ目が、涼子が口にするまで待てと言っている。だが、涼子は恥ずかしい言葉を言えずにいる。

留美の意図を察した雅弘は、膣口をほんの少し押して、挿入するふりだけですぐ引いた。自らを焦らす結果になるとわかっていながら、涼子をより焦らすことを選んだのだ。

一度だけでなく、二度三度と繰り返すと、留美はサオを握ったまま、彼を見て目を細めた。(なかなかやるじゃない)とでも言いたげで、雅弘は誇らしい。

涼子はかぶりを振るばかりで、まだ黙っている。それで彼は、亀頭が半分ほど埋まるところまで押すと、少し静止して、気を持たせてから引っ込めた。

「あっ……あぁんっ……」

せつなそうに悶えるのを見て、愉悦感にひたった彼は、さらにもう一度、同じことを繰り返し、止めている時間をもっと延ばしてみた。涼子は息を詰めて挿入を待っていたようで、引いたとたんに激しく腰を揺すり、髪を振り乱した。

「いやあんっ、入れて……お……おチ×ポ入れてぇ！」

ついに涼子の口から卑猥な言葉を聞いて、胸が熱く昂った。留美も満足そうにほほ笑んで、サオから手を離した。

「いいですよ。じゃあ、おチ×ポ入れてあげます」

「あああっ……」

涼子の言葉を真似て言うと、恥ずかしそうに首を振るが、亀頭をゆっくり押し込むと、とたんに大きくのけ反った。

広げた太ももを掴み、雅弘は奥まで突き入れた。ピストンを開始すると、蜜汁で濡れたサオが出たり入ったりする。結合部分は留美にも丸見えで、見られているのを意識するだけで、摩擦感が異なるように感じる。

実際に涼子の締めつけ具合は変わっており、中は最初から小刻みに震え、入り口の締めつけもいつになく強い。

「ああ、すごい……すごい締まってる……」

涼子は宙に浮かせた両腕を揺らし、口をパクパクさせている。喘ぎ声にならず、かすれた息だけ吐いている。

留美はランダムに揺れる乳房を、鷲掴みにして揉み回した。だが、すぐにやめてしまい、おもむろに屈み込むと、髪をかき上げて結合部に顔を埋めた。何をするつもりかと思ったら、涼子の腰がビクッと強く跳ねた。

「ひくうっ！　うあっ……あんっ！」

悩ましい声をあげて腰を揺らし、それでようやく留美がクリトリスを舐めているらしいとわかった。おかげでヴァギナの締めつけは、いっそう強まった。

ただ、ペニスを突き込むたびに、留美の頬が下腹に当たっている。これでは舐めにくいだろうと思い、上半身を反らしてやると、肉真珠を弾いている舌が目に入った。蜜まみれのサオが膣口を出入りする様子もはっきり見える。

AVのようなシーンを自分が経験していると思うと、感激もひとしおだった。しかも、ここは人妻講師の自宅なのだ。涼子が夫とこのソファでくつろいでいるところを想像して、異常な昂りに襲われた。

「はくうっ……あうんっ……」

涼子の衝撃と興奮はそれ以上だろう。雅弘を招いたのは自分の意志だが、乗り込んできた親友と二人に責められ、快楽の深みに引きずり込まれていく。ピストンとクンニのダブル攻撃で、彼女はもうメロメロ状態だった。

「ああ、留美さん……」

雅弘は不意をつかれて声をあげた。留美がクリトリスだけでなく、出入りするサオも舐めたのだ。秘肉のぬめりとは違う感触が新鮮なので、結合を浅くして舐めやすくした。

留美の舌はクリとサオを行ったり来たりして、クリトリスを舐めるたびに、ヴァギナが強く収縮する。浅いところで出し入れしているせいで、亀頭が気持ちよく摩擦される。

この状態がしばらく続くのと、激しく突き込んで一気にフィニッシュするのと、どちらがいいか悩むところだ。

すると、留美の手が伸びて下腹を撫で回し、さらに胸へと這い上がってきた。ただ撫でるのではなく、乳首を捉えると集中攻撃に転じた。こすったり弾いたりを続けられ、急激に快感が高まった。

「うおっ……おおおっ……」

「ああん、ダメ……イク……」

留美はサオをやめてクリ舐めに専念したようで、ヴァギナの締めつけが休みなく続いている。涼子は腰を揺らしてあられもなく悶え、上半身が大きくのけ反った。

限界が近づいているのを感じた雅弘は、ピッチを上げてペニスを突きまくった。締めつけるヴァギナの摩擦感と、留美の乳首責めとの相乗効果で、みるみる切羽詰まっていく。

「ううっ……で、出る……」

「はううっ……イク……イク……ああ、イッちゃうーっ！」

甲高い声をあげ、涼子の体がピンと突っ張った。ペニスは強烈な収縮を受け、濃密な摩擦感とともに、目の前で閃光が弾けた。

「……うおおおっ！」

気が遠くなるような快感に襲われ、力強い脈動が立てつづけに起きた。

腰の動きが止まり、脈打ちが治まってもなお、ヴァギナの蠢動は続いていた。横たわる涼子はぐったりしているのに、そこだけはまだ歓喜の声をあげているように感じられた。

5

「どうだった、涼子。よかったでしょ？」

留美に聞かれ、涼子は黙って頷いた。恥ずかしそうな表情にも、充実感が漂っている。これで三人で楽しむ下地が整ったと確信したようで、留美も満足そうだ。

雅弘もようやく落ち着いて、名残を惜しみつつ涼子の中から抜け出た。ペニスはまだ七分ほど力を保っている。白く濁った蜜汁が、サオの部分に多く付着していた。

「今度は雅弘の番ね。二人でたっぷり可愛がってあげましょう」

「そうね。気持ちよくしてくれたお礼をしないといけないわ。向こうの部屋へ行きましょう」

留美のひと言で、涼子は淫らな熟女の顔に、みるみる変わっていった。ソファから起き上がると、ティッシュを取って手早く秘部を拭った。だが、雅弘はほったらかしで、自分だけ始末を終えると、二人を別の部屋へ案内した。

連れていかれたのは夫婦の寝室で、ホテルのツインのようにシングルベッドが二つ、少しスペースを空けて並んでいた。カバーをかけてあるのが夫のベッドだろう。不在の間に妻が3Pに耽っているなんて、夢にも思わないはずだ。

涼子は自分のベッドに雅弘を寝かせると、肉棒を支え持って蜜液を舐めはじめた。

「私がきれいにしてあげる」

「うっ、涼子さん……」

やさしく幹を這う温かな感触に、雅弘は早くも酔いはじめた。ペニスそのものが好きというか、愛しむような心情が舌の動きに表れているのだ。

男の性感ポイントを知りつくし、ぐいぐい責める留美の舌使いとは、趣が異なっている。あれはあれで気持ちいいが、涼子のフェラチオは愛情表現のひとつという感じがして、しあわせな気分にひたることができた。

七分勃ちだったペニスはしだいに力を帯びて、再び勃起した。涼子は付着した蜜液をきれいに舐め取ると、サオの根元から玉袋へ進もうとする。舐めやすくするために足を上げさせるので、雅弘はひざを立てて足を開いた。

すると、横で衣服を脱いでいた留美が、裸になってベッドに乗った。両足を摑んで持ち上げると、彼の頭のほうに回り、上から足を押さえつける。

雅弘はいわゆるマングリ返しの体勢にさせられた。男の場合は何て言うのかわからないが、いずれにしても、こんなに恥ずかしいポーズはない。

次の瞬間、尻穴にぬめりを帯びたものが接触した。涼子の舌だった。

「うわっ……そ、そんなところ、舐めないで……」

肛門に唾液をまぶされ、ムズムズするような刺激が襲いかかってくる。もちろん、尻穴を舐められるなんて、生まれて初めての体験だ。さっきまでの心地よいしあわせ気分から一転、恥ずかしくていたたまれなくなった。

だが、そのムズムズが意外なくらい気持ちいい。ペニスはすでに勃起していたが、サオはいっそう鋭角に反り返った。

「すごいわ。これは見事ね」

「おおおっ……」

留美が五本の指で亀頭を摘まみ、硬さと大きさを確かめるので、快感がさらに高まって思わず声が出た。指は敏感な裏筋とカリ首をしっかり捉えている。

彼女が片手を離したので右足は自由になったが、雅弘はマングリ返しの体勢を維持した。恥ずかしくてたまらないのに、やめられない。こんなふうにして人妻二人に責められるなんて、夢の中にいるようだ。

涼子の舌使いはしだいに熱を帯びてきた。アヌス皺をていねいに舐めほぐし、さらには舌を尖らせてドリルのように肛門に突っ込もうとする。羞恥と快感は、境目をなくして高まるばかりだ。

アナル舐めはますます過激になり、唇を押しつけて肛門を吸引しはじめた。アヌス皺が引き伸ばされそうな勢いだ。

「おおっ、ヤバいです、それ……うああっ……」

「これくらいで音を上げるなんて、だらしないわね。もっといいことしてあげるから、待ってなさい。涼子、たっぷり唾液をまぶしてやってね」

留美はベッドからおりると、持ってきた自分のバッグをごそごそやりだした。彼女が離れても、涼子が肛門を責めながら雅弘の足を押さえたので、マングリ返しはそのままだ。

やがて留美が戻ってくると、涼子はアナル責めを中断して彼女と入れ替わった。

「ちゃんと足を押さえててよ。雅弘が暴れるといけないから」

留美は何やら不穏なことを言い、正面に陣取った。涼子は横合いから彼の両足を押さえ込む。

「えっ!? それって、もしかして……」

「そうよ。見覚えがあるでしょ」

留美が涼子に笑いを含んだ声で言うと、肛門に何か硬いものが触れた。

「お尻の穴の力を抜いて」

そう言われても、押されると思わず力が入ってしまう。

「ダメよ、力を抜くの！ ゆっくり息を吐きながら、肛門を緩めるといいわ」

言われたとおりにすると、すぼまりがジワジワ広げられ、硬いものが押し入ってくる。排便とは逆になるが、感覚は太くて硬い便を出すのと似ていた。広がる段階はやや苦しいが、肛門をゆっくり通過しはじめると、摩擦感が意外と気持ちいいのだ。

侵入してきたそれは、先日、涼子のヴァギナに入れさせ、外歩きで恥ずかしい思いをさせたバイブレーターだった。もう少し借りておけばよかったと思ったが、まさかこんなかたちで使われるとは想像もしなかった。

「そ、そんなもの、入りませんよ……ああ、やめて……」

「もう入ったわ。これでOK」

短めのバイブはすぐに収まり、入ってしまうともう気持ちよさはない。肛門を栓で塞がれている違和感だけが残った。

「これは涼子が使うべきね。好きなようにやっていいわ」

留美はリモコンを涼子に渡すと、再び入れ替わって彼の足を押さえた。

リモコンを好きに使っていいというのは、仕返しの意味を含んでいると思われた。

雅弘にバイブを使わせておきながら、涼子にその仕返しを勧めるなんて、理不尽としか言いようがない。

だが、涼子も彼女の意図を察したようで、スイッチボタンに指を当てると、雅弘の目の前にかざして、にんまり笑った。

「どうすれば動くのかしら。このスイッチを押せばいいのかな?」

白々しいことを言いつつ、すぐにはオンにせず、彼の顔色を眺めて楽しんでいる。

肛門にバイブを入れられる恥辱感は、実際にやられた者にしかわからないだろう。

しかも、こんな屈曲体勢を取らされているのだからなおさらだ。

涼子はやさしく微笑んで、スイッチを押した。

「うわっ！　おおおおっ！」

痺れるほどの快感が肛門を襲い、折りたたまれていた両足が、天井に向かってピンと伸びた。いまだかつて経験したことのない、甘美な衝撃だった。

留美がすかさず足首を摑んだので、横に倒れることはなかった。元の屈曲体勢に戻ると、ペニスの先端から先走り液が垂れていた。亀頭はひと回り大きく膨らみ、パンパンに張りきっている。サオもガチガチだ。肛門へのバイブレーションでここまで怒張するなんて、我ながら信じられないことだった。

「思ったよりずっと気持ちいいでしょう？　たっぷり味わうといいわ」

涼子はいったんオフにして、少し落ち着かせてからまたオンにした。振動が来た瞬間、またも衝撃が走り、うめき声を漏らして体が硬直した。

やはりこれは仕返しに違いない。涼子は愉快そうにオンとオフを繰り返した。先走り液が断続的に漏れて、腹の上にたまっていく。

「雅弘ったら、ガマン汁がすごいじゃない。もしかしてバイブだけでイッちゃう？」

さっき射精したばかりなので、気持ちよくても耐えられそうだ。かぶりを振ると、留美は不敵な笑いを浮かべ、たまった先走り液を亀頭全体に塗りつけた。

「あわわっ……くうぅ……」

「どうしたの。そんなに気持ちいい?」

「……あっ、はい」

アナルバイブと亀頭嬲りのダブル攻撃は強烈だった。快感電流が背骨をビンビン走り抜ける。どれだけ耐えられるかわからないが、この状態でフィニッシュを迎えられたら最高だろう。

「これだけカチコチなら、私たちも思いきり楽しめそうね」

「相変わらず欲が深いわね。留美はいつもどんなふうに楽しんでるの。やって見せてくれない?」

「もちろんいいわ! 見て、見て!」

留美は喜色満面で応えた。雅弘は仰向けで足をおろされ、ようやく恥ずかしいポーズから解放された。バイブは入ったままだが、足をおろすときに、スイッチはいったん切られた。

留美は腰の上にまたがり、ペニスを摑んで秘穴にあてがった。ヌメリは予想以上で、涼子と雅弘を責めているだけでこんなに濡れるというのは、待ち遠しくて仕方なかったのかもしれない。

ペニスの根元が硬すぎて、挿入に少々手間取ったが、前屈みになって何とか角度を合わせ、ようやくひとつになることができた。後ろから覗き込んでいた涼子は、合体を見届けると、前に回って彼女の腰つきに見入った。

「ホント、びっくりするくらい硬い……あっ、いいわ、これ……気持ちいいところに当たってる」

動きはじめた留美は、前屈みの体勢から上半身を反らせ、腰を前後に揺らしている。その姿勢だと、亀頭が快感ポイントを的確に刺激するようだ。

雅弘も亀頭の先端がよくこすれて気持ちいい。だからといって不用意に腰を動かすと、アヌスのバイブがよじれて痛いので、尻をやや浮かせ気味にする必要があった。

「いやらしいわ。留美って、そんなセクシーな腰つきになるのね」

「上になると気持ちよくて、勝手に腰が動いちゃうのよ……ああ、すごい……」

そう言いながら、いつも以上に卑猥な腰つきをしている。元々見られるのが好きな留美だが、親しい涼子の視線は特別な効果を生むらしい。

「何て気持ちいいのかしら。癖になりそう……」

「おおおっ！」

「ああんっ！」

不意にバイブのスイッチが入り、電撃のような快感に貫かれた。ペニスは強くしなり、腰が跳ねて留美を突き上げる結果になった。

「どうしたの、急に……」

涼子が得意げにリモコンを差し出すと、留美は目を細めて頷いた。すると、にわかに腰の動きが速まり、みるみる限界が近づいてきた。下腹を力ませてこらえるが、無理かもしれない。

「あっ、イキそう……」

これ以上我慢しないで出してしまおう。そう考えたとたん、バイブレーションが止まり、留美も大きくペースを落とした。息の合った連係プレーのおかげで、目の前に迫っていた射精は、ひとまず先送りされそうな感じがした。

だが、留美の腰使いは、スローモーションのようにゆっくりになったことで、かえって卑猥さが増している。涼子はリモコンを手に、食い入るように見つめている。その目が妖しい光を帯びて、艶やかな表情に変わった。

「あなたたちを描いてみたくなったわ。今度、そのポーズでスケッチさせてくれないかしら」

留美も妖艶な笑みを浮かべ、円く臼を挽くような腰つきに変わった。

「昔の仕事が、懐かしくなったんでしょ？」

「そうね。ひと頃はエロチックなイラストばっかり描いていたから」

ヌードの自画像を恥ずかしいと言う涼子が、エロチックなイラストを仕事にしていたというのは気になるが、問い質している余裕が雅弘にはない。

「いいわよ、いつでも描いて……でも、ポーズだけじゃつまらないから、ホントにしてるところがいいわ……ああ……」

留美は話をしながら、卑猥な腰使いを続けている。前後の動きに戻ったりまた円運動を入れたり、小まめに切り換えるうちに、動きはだんだん大きくなっていく。涼子の視線を受けとめ、見せつけるように腰を使うのだ。

「ああっ、ヤバい……もう出そう……」

切羽詰まった声をあげても、今度はペースが落ちない。というか、早く射精させようと、いっそう激しくなり、瞬く間に限界がやってきた。

「うっ、ううっ……うおわーっ！」

発射とほぼ同時にバイブが振動した。快美感は何倍にも膨れ上がり、立て続けに噴射が起きた。

留美はうめき声を漏らし、肉棒をグイグイ締めつけた。ザーメンを一滴残らず搾り取るように、小刻みに収縮する。アクメに達したかどうかは微妙なところだが、雅弘の脈打ちが治まっても、締めつけはしばらく続いた。

射精したあとの気怠さを感じはじめても、バイブの振動は続いており、ペニスは勃起したまま萎える気配もない。

気怠さが苦痛に変わりはじめたとき、留美がゆっくり腰を持ち上げ、体を離した。

怒張したサオは、彼女の白っぽい愛蜜にまみれている。

「もうダメです……ああ……」

雅弘はどうにもこらえきれず、バイブレーターを抜いてしまった。そこで涼子がようやくスイッチを切った。肛門には太い栓が詰まっている感覚が残った。錯覚だとは思うが、便が漏れそうな不安を感じるくらい、肛門に力が入らないのだった。

6

「まだ、こんなに元気なのね。信じられないわ」

涼子がうれしそうに言った。二度続けて射精したにもかかわらず、ペニスは依然として勃起したままだ。肛門へのバイブ責めがこれほど効くというのは、驚きであり新発見だった。

「もう一度、いいかしら」

雅弘に言ったのか、それともひとり言なのか、涼子は上にまたがってペニスを摑んだ。腰を揺らして、スリットやクリトリスに亀頭をこすりつける。留美に卑猥な騎乗位を見せられたせいか、柔らかな肉はヌメッて熱を持っている。

「硬いわ……何て元気なのかしら……ああ……」

うっとりした声でつぶやき、ゆっくり腰を落とすと、肉棒は再び涼子のヴァギナに納まった。さっき味わったばかりなのに、小刻みな蠢動が懐かしい。ペニスを歓迎しているような反応に、雅弘は沸き立った。

涼子は腰を前後に動かしたり、円を描いたりした。留美の真似をしているようだが、動きはぎこちない。あまり騎乗位の経験がないのか、あるいはシンプルな上下運動しかやっていないのか、いずれにしても留美とは雲泥の差があった。

「お腹を少し前に突き出して、腰から下だけを動かすイメージでやるといいわ」

見ていた留美の指導が入った。涼子の肩を押さえて動かないようにすると、腰だけが前後に揺れる。留美ほどではなくても、いやらしい動きになった。

「なかなかいいじゃない、その調子よ」

褒められて気をよくしたのか、だんだんスムーズになっていく。ペースが上がり、動きも大きくなって、豊満なバストが悩ましげに揺れる。両手を伸ばして揉まずにはいられなかった。

留美のときは、バイブの刺激が強烈すぎてそれどころではなかったが、今は好きにできる余裕があった。

同じ騎乗位なので、こすれ方の違いもよくわかる。ヴァギナそのものの違いはもちろんだが、動きにもよるようだ。

留美のときに亀頭の先端がよくこすれたのを思い出し、あんなふうにならないかと考えた彼は、尻を浮かせ気味にして、サオの角度を調整してみた。すると、完ぺきとはいかないが、かなり近い感覚が得られるようになった。

「気持ちいいところに当たってる……ああ、この感じ……すごくいい……」

涼子も同じように快感が高まったらしく、動きはいっそうなめらかになり、いやらしさも増した。

「見てるだけじゃつまんないから、私も気持ちよくしてちょうだい」

そう言って留美は、涼子と向かい合わせで、顔の上にまたがってきた。バストを揉むのを邪魔されただけでなく、秘貝が口元を覆った。

「舐めてきれいにするのよ」

「んむっ……むむぅ……」

鼻も口も塞がれて焦ったが、すき間ができると、とたんに強烈な匂いが侵入した。女性特有の淫臭にザーメン臭が混ざっている。やや乾きかけているせいか、ずいぶん濃い匂いだ。

留美の顔面騎乗クンニにはいつも興奮させられる雅弘だが、精液も混ざっていると思うと違和感を禁じえず、すんなり舐められなかった。

「もたもたしてないで、早くしなさい」

催促されて仕方なく舌を伸ばすと、ピリピリした酸味の中に、微かに渋みが感じられた。精液の味だと思い、一瞬、舌が引っ込んだが、叱責されそうなので、開き直って舐めつづけた。

すると、いつの間にか違和感は薄れ、愛蜜と精液の混合汁を舐める異常さに興奮を覚えはじめた。おりしも涼子の腰使いはいっそうスムーズになり、テンポも上がってきた。気持ちよさに誘われて、彼の腰も波を打ちだした。

「ひざとお尻を持ち上げて、中腰みたいになってみて」

新たな体位を教えられた涼子は、動きを止めて姿勢を変える。それが留美の得意なスパイダー騎乗位だと、すぐにわかった。

留美は顔面騎乗をやめて離れた。顔の上にまたがったままでは涼子の邪魔になるのだろう。視界に現れた涼子は、まさに獲物を捕まえる蜘蛛のようだ。肉食系の留美にはぴったりでも、涼子ではギャップが大きいが、それがかえって猥褻な印象を強くしている。

「それでお尻を上下に振ると、雅弘はノックアウトよ」

涼子が動きはじめたとたん、一気に快感が高まった。サオが強く引っ張られたり押し込まれたり、ダイナミックな刺激に翻弄されそうだ。

かたわらの留美は、涼子の腰つきと表情を交互に眺め、うれしそうに笑みを浮かべている。あれだけ恥ずかしがっていた涼子が、こんなあられもないスタイルで快楽を貪るようになって、さぞかし満足しているに違いない。

「すごいわ、こんなの初めて……どうしよう、あああっ……」

「うああっ……」

涼子の動きが速まって、雅弘は思わず声をあげた。引き締まった膣壁でグラインドされ、急激に快感が高まった。

よく見ると、留美が腰だか尻だかに手を当てているので、もっと速くするように促したのかもしれない。そんなことを考えている間に、暴発の危機がみるみる差し迫った。だが、その前に涼子がいきなり恥骨をぶつけてきた。

「ひいいっ、イク……イクーッ！」

何度か強く当たると、深く刺さったところで動きが止まった。ヴァギナは引き攣るように収縮している。

「ああ、うおおっ……」

射精寸前だった雅弘は、動かなくなった彼女を猛然と突き上げた。その直後、目も眩むほどの快感に貫かれ、下半身が金属棒のように硬直して伸びきった。

精根尽き果てた感があり、連続三回目の射精はほとんど空砲に近いものだったが、ペニスは力強く躍動し、涼子の熟れ膣を激しく揺さぶった。

ぐったり覆い被さってきた彼女の重みが心地よかった。ヴァギナは不規則な間隔で収縮が起き、そろそろ終わりかと思ってもまだ続いた。

「いいものを見せてもらったわ。涼子もなかなかやるじゃない」

留美はヒップを撫で回しながら、粘りつくような声で言った。雅弘は涼子の中に留まり、彼女の荒い息が治まるのを待つことにした。

しばらくして、平常に戻ったペニスが自然に抜けると、涼子もようやく落ち着いてきた。

「みんなでいっしょに汗を流しましょうよ」

留美の提案で、三人はバスルームに向かった。涼子の家の浴室はバスタブも体を洗うスペースも広かった。

彼女たちはボディソープを泡立て、雅弘の体に塗りつけていった。涼子は彼の前、留美は背中の担当だ。留美は自分のバストも泡まみれにし、彼の背中に押しつけて洗った。すると、涼子もそれを真似て、バストで彼の胸をこすり洗いする。

「オッパイでサンドイッチされてる……」

「今日は雅弘君に大サービスね」

「涼子だって、ずいぶんサービスしてもらったでしょ」

「それはそうかも。つまりは、お互い様ってことね」

二人は笑いながら豊乳をこすりつける。涼子は両手で乳房を持ち上げ、乳首同士がこすれるようにした。それでお互いが気持ちよくなり、いったん萎えきったペニスが、また膨らむ気配を見せた。

留美はバストだけでなく恥骨を押しつけ、泡立った毛深いアンダーヘアで尻や太ももを洗ってくれる。

まさに人妻天国と言うべき夢のような状況に、雅弘はすっかり酔いしれた。涼子のヒップに手を伸ばして撫で回したり、後ろ手で留美の太ももを撫でたりするが、恵まれすぎているせいか、どっちつかずになってしまうので、彼女たちに身を任せることにした。

「そういえば、涼子さんて、仕事でエッチなイラストを描いてたんですか？」

彼女が気になることを言っていたのをふと思い出し、尋ねてみた。

「大学を出ても、これといった職に就けなくて、いろいろな仕事をしてたんだけど、その頃の話よ」

涼子はバストから手を離すと、膨らみはじめたペニスを洗いながら話してくれた。

イラストの仕事は、ギャラが安いものの、定期的に仕事をもらえたので、しばらく続けていたらしい。ポーズの参考にするため、アダルトビデオはずいぶん見たそうだ。

「見られるのは恥ずかしいけど、見るのは大好きになったわ」

「もう、見られるのだって平気でしょ」

涼子は雅弘の肩越しに留美を睨みつけた。だが、満更ではないように見える。

「でも、あなたたちを描いてみたいって言ったのは本気だから」

「わかってる。いつでもいいわ。何なら、これからやってみる？」

「いいわね。そうしましょう」

雅弘をそっちのけで話が決まり、ペニスを洗う涼子の手つきが変わった。亀頭をやんわり包んで揉み洗いすると、続いてサオをこすり、指先で玉袋をあやした。

留美は右手を前に回して乳首をさぐり、左手は尻のワレメに潜り込ませてアヌスをいじる。黙っていても、二人の息はピッタリだった。

泡だらけのペニスが勃起すると、雅弘は涼子に唇を奪われた。サオをしごきながら、いきなり舌を絡めてきて、ハードなディープキスになる。甘い唾液を口移しで飲まされもした。

「あとは任せて、先にスケッチの準備をするといいわ」

留美の手がペニスに触れると、涼子はあっさり引き下がった。バトンタッチした留美はサオをしごき、唇を重ねるとすぐに舌を差し入れた。涼子はバスルームの二人を描いてみたいと言い、シャワーを浴びて出ていった。

「ただのヌードモデルより、こっちのほうが絶対楽しいわね」

留美は喜々としてペニスを弄び、ディープキスを続ける。

人妻二人を相手に上手く立ち回るどころではなく、快楽の底なし沼に引きずり込まれつつあることに、雅弘はようやく気づきはじめていた。

◉新人作品**大募集**◉

マドンナメイト編集部では、意欲あふれる新人作品を常時募集しております。採用された作品は、本人通知のうえ当文庫より出版されることになります。

【応募要項】未発表作品に限る。四〇〇字詰原稿用紙換算で三〇〇枚以上四〇〇枚以内。必ず梗概をお書き添えのうえ、名前・住所・電話番号を明記してお送り下さい。なお、採否にかかわらず原稿は返却いたしません。また、電話でのお問い合せはご遠慮下さい。

【送 付 先】〒一〇一-八四〇五 東京都千代田区神田三崎町二-一八-一一 マドンナ社編集部 新人作品募集係

美人講師《びじんこうし》と有閑妻《ゆうかんづま》 オモチャ《おもちゃ》になった僕《ぼく》

著者◉真島雄二【ましま・ゆうじ】

発行◉マドンナ社

発売◉二見書房 東京都千代田区神田三崎町二-一八-一一

電話 〇三-三五一五-二三一一(代表)

郵便振替 〇〇一七〇-四-二六三九

印刷◉株式会社堀内印刷所 製本◉株式会社村上製本所 落丁・乱丁本はお取替えいたします。定価は、カバーに表示してあります。

ISBN978-4-576-20020-0 ◉Printed in Japan ◉©Y.Mashima 2020

Madonna Mate